中华优秀传统文化是炎黄子孙共同的精神家园

文心雕龙选译

（珍藏版）

古代文史名著选译丛书

周振甫 译注
黄永年 审阅

主编 章培恒 安平秋 马樟根

凤凰出版社

图书在版编目（CIP）数据

文心雕龙选译 / 周振甫译注. -- 南京：凤凰出版社，2017.1（2018.4重印）
（古代文史名著选译丛书：珍藏版 / 章培恒，安平秋，马樟根主编）
ISBN 978-7-5506-2493-1

Ⅰ. ①文… Ⅱ. ①周… Ⅲ. ①文学理论－中国－南朝时代②《文心雕龙》－译文③《文心雕龙》－注释 Ⅳ. ①I206.2

中国版本图书馆CIP数据核字（2016）第257460号

书　　名	文心雕龙选译	
主　　编	章培恒　安平秋　马樟根	
译 注 者	周振甫	
责任编辑	林日波	
装帧设计	姜　嵩	
出版发行	凤凰出版社（原江苏古籍出版社）	
	发行部电话 025-83223462	
出版社地址	南京市中央路165号，邮编:210009	
出版社网址	http://www.fhcbs.com	
照　　排	江苏凤凰制版有限公司	
印　　刷	苏州市越洋印刷有限公司	
	苏州市吴中区南官渡路20号　邮编:215104	
开　　本	850×1168毫米　1/32	
印　　张	6.875	
字　　数	143千字	
版　　次	2017年1月第1版　2018年4月第2次印刷	
标准书号	ISBN 978-7-5506-2493-1	
定　　价	34.00元	
	（本书凡印装错误可向承印厂调换,电话:0512-68180638）	

目 录

前言 ···	001
原道第一 ···	001
征圣第二 ···	009
宗经第三 ···	016
辨骚第五 ···	024
明诗第六 ···	035
诠赋第八 ···	047
诸子第十七 ·····································	057
论说第十八 ·····································	069
神思第二十六 ·································	083
体性第二十七 ·································	092
风骨第二十八 ·································	100
通变第二十九 ·································	107
定势第三十 ·····································	115
情采第三十一 ·································	123
总术第四十四 ·································	131
时序第四十五 ·································	139
物色第四十六 ·································	159
才略第四十七 ·································	167
知音第四十八 ·································	183
序志第五十 ·····································	192

前 言

《文心雕龙》这部书,清朝章学诚称它"体大而虑周","笼罩群言"(《文史通义·诗话》),"自出心裁,发挥道妙"(《校雠通义·宗刘》)。谭献称"文苑之学,寡二少双"(《复堂日记》)。这是说,这部书在古代的文论中是体大虑周的,既是笼罩了有关各家著作,又是有独创的。这些评价,是有道理的。

这部书,包括了文学、文章学、修辞学、语法几部分。就文学、文章学说,有文学、文章学总论、文体论、创作论、文学史文章学史论、作家论、鉴赏论。就修辞学说,有风格、文采、炼意炼辞、章句对偶、比兴、夸饰、事类、练字、隐秀、指瑕。就文法说,《章句》篇里提到用字造句成章,又讲到了各种虚词。就文学和文章学理论说,对前人的学说都加笼罩,并提出自己的创见。这一切正是"体大虑周","自出心裁"。

刘勰的这种"文苑之学",在古代还没有一个作者能够像他那样体大虑周地著为一书,包括这样丰富的内容,具有这样完整的体系。就这点说,确实是"寡二少双"、独一无二的。

刘勰和他的时代

刘勰(约465—约522),字彦和,生活的时代,在南北朝的刘宋到梁代。他的祖籍在东莞莒(今山东莒县)。东晋时,莒县属北魏,东晋明帝在京口(今江苏镇江)侨置东莞郡。刘勰的祖和父都住京口,可知他也生在京口。史载:"勰早孤,笃志好学,家贫不婚娶,依沙门僧祐,与之居处,积十余年,遂博通经论,因区别部类,录而序之。今定林寺经藏,勰所定也。"(《梁书·刘勰传》)刘勰年轻时投靠定林寺的僧祐,有十多年时间,替僧祐编定定林寺的经藏。他编经藏前,先要"博通经论",即对定林寺内所藏的佛经和其他佛家著作都博通了,才再按照各部类加以著录,并对各部类的书分别说明,最后写出序论。刘勰编著《文心雕龙》,利用了他编辑序录定林寺经藏的经验:先"博通"所有四部书,即当时所有的经史子集;再加上"区别部类",对经史子集都有所论列,并选文定篇,研究各体文的著作要求,分别加以论述,这就同于编经藏的"区别部类,录而序之"了。

　　刘勰编定定林寺经藏以后,就著作《文心雕龙》。该书约成于齐和帝中兴元、二年(501—502)间。"既成,未为时流所称。勰自重其文,欲取定于沈约。约时贵盛,无由自达,乃负其书,候约出,干之于车前,状若货鬻者。约便命取读,大重之,谓为深得文理,常陈诸几案"(《梁书·刘勰传》)。刘勰把《文心雕龙》送请沈约鉴定,当在齐末梁初,所以"天监初,起家奉朝请"(可以参预朝会),当是沈约推荐的结果。接着"中军临川王(萧)宏引兼记室,迁车骑仓曹参军(都是萧宏手下的属官)。出为太末(今浙江衢州市)令,政有清绩。除仁威南康王(萧绩)记室,兼东宫通事舍人(昭明太子萧统手下掌呈文书的官)"。"昭明太子好文学,深爱接之"(《梁书·刘勰传》)。僧祐在天监十七年

(518)五月卒(《高僧传》),梁武帝派刘勰去与定林寺僧慧震再整理经藏。完成后出家为僧,改名慧地,不满一年即死去。

刘勰经历了宋、齐、梁三个朝代,那是一个变动的时代。这个变动是从东汉末开始的。从黄巾起义摧毁了东汉王朝大一统以后,形成了豪族地主的武装割据。东汉时州郡向朝廷推荐人才的察举制度遭到破坏,魏文帝代之以九品中正制,在政治上给豪族地主特权,以取得他们的支持。从两晋到宋齐时代,经历了北方少数民族和汉族统治者争夺政权的长期战乱,分成南北朝。东晋、宋齐偏安江南,为取得南方豪族地主的支持,实行九品中正制,造成了"上品无寒门,下品无世族"的局面。再就当时人的学术思想说,东汉王朝提倡今文经学,宣扬谶纬迷信。到东汉后期的大儒马融提倡古文经学,不宣扬谶纬迷信,兼注《老子》,说明儒家学风在变。到曹操提倡刑名,儒家礼教更受冲击。"文体因之","渐尚通侻,侻则侈陈哀乐,通则渐藻玄思"(刘师培《中国中古文学史》)。到王弼、何晏用老、庄思想来讲《易经》,《易经》与《老子》、《庄子》称为"三玄",玄学盛极一时。加上九品中正制的"上品无寒门",豪门地主占据了高位,与玄学结合,造成"学者以庄老为宗而黜六经,谈者以虚薄为辩而贱名俭,行身者以放浊为通而狭节信,进仕者以苟得为贵而鄙居正,当官者以望空为高而笑勤恪","而世族贵戚之子弟,陵迈超越,不拘资次"(干宝《晋纪总论》)。在这样的风气下,晋代的文风,"缛旨星稠,繁文绮合"(《宋书·谢灵运传论》),追求华藻。加上"有晋中兴,玄风独振"(同上),造成玄言诗。于是,到了南齐的文风,便一种是"疏慢阐缓,膏肓之病,典正可采,酷不入情";一种是"缉事比类,非对不发","唯睹事例,顿失精采"(萧子显《南齐书·文学传论》)。

刘勰在《文心雕龙》里针对当时的风气,要起来纠正。对于贵族仕宦的子弟占据高位,空谈而不务实事,他在《程器》里加以批评:"安有丈夫学文而不达于政事哉!""岂以好文而不练武哉!"主张"摛文必在纬军国,负重必在任栋梁"。针对当时的文风,刘勰批评"江左篇制,溺乎玄风"(《明诗》),"辞人爱奇,言贵浮诡,饰羽尚画,文绣鞶帨,离本弥甚,将遂讹滥"(《序志》)。指出文风有浮诡讹滥的毛病,他的《文心雕龙》就要纠正这些毛病。

刘勰既认为当时的文风有毛病,又称"魏晋浅而绮,宋初讹而新"(《通变》)。但他又赞美傅嘏的《才性论》,王粲的《去伐论》,嵇康的《声无哀乐论》,夏侯玄的《本无论》,王弼的《易略例》,何晏的《无为论》、《无名论》,称它们都是"师心独见,锋颖精密","盖论之英也"。从这里来看,他讲当时文风的流弊,是就一般的情况说的。他并不因此抹杀当时杰出作家的成就。他的作家论也这样,对一位作家既看到他的优点,也不放过他的缺点,看得比较全面。这就证明他的评论,是有辩证观点的。

文之枢纽和文体论

刘勰在《序志》里把全书分为五部分:一、文之枢纽;二、论文叙笔;三、剖情析采;四、论时序、才略、知音、程器;五、长怀序志。兹分别说明如下:

一、文之枢纽,是文论的总纲。《序志》里称这部分"本乎道,师乎圣,体乎经,酌乎纬,变乎骚"。就创作的根本问题看,结合文学、文章学的史的演变,结合当时的时代背景,他要回答三个问题。第一个问题是,依据什么思想来指导创作。魏晋玄学起来后,加上佛教的盛行,于是依据什么思想来指导创作便成了问题。刘勰提出"本乎道,师乎圣,体乎经"来,就是要依据"道"来创作。由于圣人是通过经书来明道的,所以要"师乎圣,体乎经"。换言之,要学习儒家的圣人和经书,这是总的要求。所以要提出这个总的要求,还是为了纠正当时文风的弊病。当时文风的弊病,前面指出是浮诡讹滥。针对这样的弊病,要举出具体的、正确的作品来作模范。而道家、佛教的书都达不到这个目的,所以只能举出儒家的经书来。但他提出师圣、宗经时,他的看法也是辩证的。即以儒家的道和经为主,但又不排斥其他各家的道。在《原道》里就有取于道家的自然,在《诸子》里论诸子书,除了"弃孝废仁"和诡辩外,其他各家之说和文,有可取的都取,这又显出他所见的广博。但另一方面,在《论说》里又指出"本乎道"要"师心独见,锋颖精密",不能只依傍一家学说来写。在《诸子》里指出汉人依傍儒家来写,就不如先秦诸子的自开户牖了。《明诗》里指出,东晋依据道家思想来创作,也失败了。说明创作还得靠创造,所谓师圣、宗经只能作为效法的榜样,还要通过自己的认识来创作,而不能照抄别人的思想。这样,他也就回答了第二个问题,即怎样对待不合乎儒家之道的书。结论是要采取其中可取的部分,即使如纬书那样,虽然不可取,也应酌量采用它的辞采作为创作的资料。第三个问题,怎样解决文学的依时演变问题。对此,刘勰提出"变乎骚"来,即从《离骚》里去学习文学的因时演变。

在"变乎骚"里,刘勰的看法又是辩证的,即不是专讲《离骚》的新奇。他通过分析,指出《离骚》在哪些方面是继承经书的,哪些方面是新变的,即把继承和新变结合起来谈;又在《通变》里对继承和新变作了发挥;在《时序》里又具体指出《离骚》的新变"出乎纵横之诡俗",以及怎样吸收了当时纵横家游说夸张之风,从而对文学的演变作了新的发挥。在学习"变乎骚"时,又提出"酌奇而不失其贞,玩华而不坠其实"。他是要求要有选择的学习的。

再看刘勰的文体论,即"论文序笔"。在这部分刘勰要回答两个问题:

一、怎样分文和笔。在刘勰之前,颜延之曾提出三分法:有韵为文,无韵而有文采的为笔,无韵而无文采的为言。这样,《诗经》是文;传记即解释经的书,如《左传》等无韵而有文采的是笔;《易经》、《书经》、《春秋》等经无韵而无文采的是言。这个分法,跟刘勰论文主张宗经就发生了矛盾。照颜延之的说法,除《诗经》外,别的经都不是文,那么论文怎么宗经呢?这个说法,在当时很有影响。比如,昭明太子萧统编辑《文选》便采纳了颜延之的"文笔三分法"。他在《文选序》里称:"若夫姬公之籍,孔父之书,与日月俱悬,鬼神争奥……岂可重以芟夷,加之剪截?"表面上说,经书与日月争光,不能节取,所以不选。实际上认为经书是言,不能入选,不过他不像颜延之敢于老实说出。他又说:"老、庄之作,管、孟之流,盖以立意为宗,不以能文为本,今之所撰,又以略诸。"子书不是文,也不是笔。而《文选》里也选笔,所以子书也可以不选了。"至于记事之史,系年之书,所以褒贬是非,纪别异同,方之篇翰,亦已不同。"史部书不选,在于它们与"篇翰"不同。"若其赞论之综缉辞采,序述之错比文华,事出于沉思,义归乎翰藻。故与夫篇什,杂而集之。"就是说赞论序述有辞采文华的也在选取之列。

由此看来,萧统是赞成颜延之的意见的,而且像上面关于"赞论序述"的认识,比颜延之讲"传记则笔而非言"讲得更清楚些。

刘勰论文却与上述观点不同。因为他要纠正当时文风的弊病,所以要提倡宗经,而宗经就得承认经书是文,不是言。对此,他先举出《易》为例,说:"《易》之《文言》,岂非'言'文?"(《总术》)《易经》的乾卦、坤卦里有《文言》,标明这些言是文的,所以《易经》是文。但这话的理由不充分,因为对方可以说:《文言》是文,可是《文言》以外的《易经》有很多不是文。或许刘勰也看到了上面的话理由不充分,所以他在《文心雕龙》中进一步说:"精理为文,秀气成采。"(《征圣》)只要理精气秀的都是文。理精是就理说,秀气与情有关,即抒情生动突出之意。经书中富有精理秀气的文辞,所以经书是文。子书、史书也一样,所以子书、史书也是文。现在以有形象或抒情的为文学,所以讲先秦文学,有诸子散文和历史散文,把子和史中的大部分归入文学,对经书中的大部分也如此看待。刘勰不讲形象,他以"精理秀气"为文,在《物色》里以"情貌无遗"为文,而提到"情貌",就已有情和形象在内;又讲"秀气",跟突出情有关;他论各体文又讲风格,这又跟文学有关。由此可见,刘勰的看法,以秀气、情貌无遗和构成风格的为文学,更与现在的所谓文学接近些。而颜延之、萧统对文学的看法,则显得过于狭隘。

二、分体选文的标准和对各体文的写作要求。在分体上不能多谈,只举一例。如刘勰称"杂文"这一体,包括宋玉《对楚王问》、枚乘《七发》、扬雄《连珠》、东方朔《答客难》。萧统《文选》把宋玉《对楚王问》归入"对问"类,东方大赋,是要讲夸张,免不了"假象过大","逸辞过壮","辩言过理";赋要富文采,就不免"丽靡过美"。对赋,不必要求它避免这四过,应该要求"丽词雅义"就可以了。这说明在文体论上,刘勰确有高出前人和同时人的地方。

创 作 论

刘勰讲创作论,择要说,主要有五点:一、创作构思,即《神思》;二、风格,即《体性》《风骨》;三、情貌无遗,即《物色》;四、修辞学。至于《通变》,在"文之枢纽"的"变乎骚"里讲了;《情采》讲两种文采,在"论文序笔"里讲了。

一、创作构思。《神思》里提到"神与物游",即先要观察外物。有了主观偏见,对新事物就看不进去,所以要虚心;要是粗心浮气,就看不仔细,所以要静心,因此提出"贵在虚静"。通过观察,引起作者的情思,这就是"志气统其关键","志"跟思理有关,"气"跟情绪有关。在引起情思时,要考虑到所引起的情思是否深刻、正确、生动、具体,这又和自己的学识、理论、阅历有关。因此,在平时要"积学以储宝,酌理以富才,研阅以穷照",要积累学识,酌取理论,研究阅历。有了较深刻而正确的情思,配合上自己的经历,就显得生动具体,再顺着这些情思来写成文辞。这些情思配上生动的经历,所以写出来才能"物无隐貌"。为了要写成骈文,写作时还要讲究声律。情思已经具体化,形成意象,所以要"窥意象而运斤",进行笔削。从引起情思到构成意象,根据意象来写成言辞,所谓"意授于思,言授于意",意象是创作构思的关键。形成了意象才完成了创作构思,这里有"密则无际,疏则千里"的分别。

怎么会有疏或密?怎样求得密而避免疏呢?陆机《文

赋》序里提到"恒患意不称物,文不逮意"。"意"即意象。意象从观察外物引起的情思来,要是所引起的情思不与外物相称,那么由情思构成的意象自然也成了"意不称物"了。怎样避免意不称物,陆机没有讲。刘勰讲了,即在由观察外物所引起的情思,使它深入而正确,即由积学、酌理、研阅得来,这才跟外物相称,由这样的情思所构成的意象,自然与物相称了。陆机又讲:"应感之会,通塞之纪,来不可遏,去不可止。"在观察外物时,有时引起情思,这就是通;有时引不起情思,这就是塞。"通"就是"意授于思","密则无际";"塞"就是"疏则千里"。怎样求通去塞,陆机说"未识夫开塞之所由"。刘勰讲了,即"心总要术,敏在虑前,应机立断",这是"开"。对所观察的外物,由于积学、酌理、研阅,在观察前先有一个看法,到看了以后,立刻可以作出判断,引出情思,这就"通"了。要是"情饶歧路,鉴在疑后",就可能会"塞"。倘对于所观察的外物,事前一无所知,看不懂,拿不出意见来,这就塞。看后发生疑问,经过研究后拿出意见来,即由塞到通。塞和通的关键,在于对所观察的外物有没有积学、酌理、研阅,即有没有深切理解。陆机所不能解决的创作构思问题,刘勰都能解决,这正是他的高明处。

二、风格。陆机《文赋》里讲风格:"夸目者尚奢,惬心者贵当,言穷者无(唯)隘,论达者唯旷。"即浮夸与贴切对,简约与畅达对。即四种风格构成两对。又讲文体的风格:"诗缘情而绮靡,赋体物而浏亮"等,即认为诗的风格是绮靡的,赋的风格是浏亮的,即清明的等。刘勰的讲风格就不同了。《体性》里讲:"雅与奇反,奥与显殊,繁与约舛,壮与轻乖。"四对八种风格,并对八种风格作了说明。此外,他还讲到风格的形成由于才、气、学、习所构成的个性,结合个性来讲风格是讲作家风格,讲了不少作家的风格。曹丕《典论·论文》里也讲到作家的风格,如"应玚和而不壮,刘桢壮而不密"。远不如刘勰从作家个人的才、气、学、习所构成的个性,结合个性来论作家个人风格的深入。讲到文体的风格,陆机只就一个文体举出一种风格,如诗绮靡,赋浏亮。刘勰就不同了,如《明诗》讲到汉代的古诗,称为"直而不野"而"婉转",张衡《怨》篇的清丽,建安五言诗的慷慨磊落而昭晰,何晏诗的浮浅,嵇康诗的清峻,阮籍诗的深远,晋代诗的轻绮,郭璞诗的挺拔,四言诗的雅润,五言诗的清丽。在这里,谈到诗的风格有各种各样,复杂多变。这样一比较,便显得陆机讲的太简单了。更突出的,在《风骨》里基于情和辞两方面,刘勰还提出一种"刚健笃实,辉光乃新"的风格来。

三、情貌无遗。西洋讲文学强调形象,中国古代讲文学强调意境。简单说来,意境即情思和景物的结合,《物色》就谈到了。《物色》里称"情以物迁,辞以情发",把物、情、辞三者结合。在写物色时,"既随物以宛转","亦与心而徘徊"。在描绘景物中,也表达出作者的情思,做到"情貌无遗"。用《诗经》来做例,它的描写物象,用辞极为简练,同时又表达了心情。如"'灼灼'状桃花之鲜,'依依'尽杨柳之貌"。在"灼灼其华"里,用像火的红艳来形容桃花,这是描绘物象;又用"灼灼"来写新嫁娘的热情如火,这是写人的心情。又如"杨柳依依",用"依依"来描写柳条的柔软,这是描绘物象;又用"依依"来写送别时双方依依不舍的感情,这是写人的心情。这就写出"情貌无遗",成为古代即景抒情、情景交融的写法。

四、修辞学。《文心雕龙》里的《熔裁》讲修辞的炼意炼辞,《丽辞》讲修辞的对偶格,《比兴》讲修辞中的比喻格和起兴,《夸饰》讲修辞中的夸张格,《事类》讲引事引言,属修辞中的引用格,《练字》属修辞中的练字,《指瑕》属修辞中的修改错误或缺点,《隐秀》的"隐"属修辞中的含蓄格,"秀"属修辞中的精警格。这许多格,在这里不可能都谈到,就讲《比兴》的比吧。比指比喻,有比声音的,"宋玉《高唐》云:'纤条悲鸣,声似竽籁。'"这是用吹竽来比声。"枚乘《菟园》云:'焱焱纷纷,若尘埃之间白云。'"这是用尘埃夹杂在白云里,比鸟飞得快,是比形象的。"贾谊《鹏赋》云:'祸之与福,何异纠纆。'"用三股打成的绳比祸福的纠结在一起,这是用物来比理。"王褒《洞箫》云:'优柔温润,如慈父之畜子也。'"这是用人的爱心来比箫声。"马融《长笛》云:'繁缛络绎,范蔡之说也。'"这是用辩士范雎、蔡泽的游说来比笛声。说明比喻通过形象来比,有种种不同。

其　　他

《文心雕龙》的第四部分,《时序》讲文学史,《才略》讲作家论,《知音》讲鉴赏论,这三篇比较重要。

《时序》讲文学史,就文学的演变来说,讲了各种原因。其中有的是发展的,有的是走下坡路的,都举出具体例子来作说明。还讲了文学演变的总的规律,这是值得注意的。此外,《物色》讲"情貌无遗",主要是就景物说的。《时序》里讲到文学跟时代政治教化的密切相关,这就接触到文学同社会生活相关。跟《物色》配合,显出文学反映生活的作用,看得更全面了。

《才略》里讲作家论,可与《时序》的讲文学史相配合。

《才略》里有显示刘勰的独特看法的,像对曹丕、曹植的评价,认为各有短长,跟一般的推重曹植、贬低曹丕不同,讲得是有见地的。又称王粲的诗赋为"建安七子"之首,这点也是有眼光的。又称郭璞的作品"足冠中兴",也显出他评价的确切。此外,对于有的作家既指出他在创作上的成就,又指出他的不足,看得全面,也是好的。钱钟书先生《七缀集·诗可以怨》里,推重《才略》里的讲冯衍"《显志》、《自序》亦蚌病成珠矣",是"用了一个巧妙的譬喻"。又引述西洋几位作家也用过这个比喻,指出"看来这个比喻很通行,大家不约而同地采用它","可是,《文心雕龙》里那句话似乎历来没有博得应得的欣赏"。

《知音》是鉴赏论。在鉴赏论里刘勰提出几种毛病:一是贵古贱今,贵远贱近;二是文人相轻,崇己抑人;三是信伪迷真;四是知多偏好,人莫圆该。怎样避免这些缺点?刘勰提出博观,"观千剑而后识器",看得多了,自然会分别好坏。还要"操千曲而后晓声",不是"听千曲"而是"操千曲",要自己演奏。鉴赏作品,不光重多看,还要会多作,这样对创作更有体会,即不光多看还要多实践,这才更能分别好坏。这样看,胜过王充《论衡·案书》里反对"谓今之文不如古"而提出的"才有浅深,无有古今;文有真伪,无有故新"。那么怎样分别浅深和真伪呢?不会分别,只说今胜于古,也是不可靠的。所以刘勰提出"观千剑"、"操千曲"的博观和实践来提高自己分别浅深真伪的本领,更胜于王充。葛洪《抱朴子·钧世》说:"且夫《尚书》者,政事之集也,然未若近代之优文诏策军书奏议之清富赡丽也。"他认为今胜于古,因为今文清富赡丽。就政事书说,首先要求记实,要真实质朴,不求清富赡丽。这样来确定今胜于古,也不可靠,也不如刘勰讲的博观和实践可以提高自己的识别力。

谈 选 本

　　这个选本,按照《文心雕龙》的体例酌选名篇。"文之枢纽"属于文学及文章学的总纲,这个总纲的"本乎道,师乎圣,体乎经"和"变乎骚"是极重要的,通贯全书,所以都选;"酌乎纬"是酌取,不重要,所以不选。文体论方面,"论文"选了《明诗》、《诠赋》,是论文十篇中最重要的;"序笔"选了《诸子》、《论说》,是序笔十篇中最重要的;加上《总术》是文体论的总论。创作论方面,选了《神思》、《体性》、《风骨》、《通变》、《定势》、《情采》,这六篇是连接的,从创作构思、风格、继承和发展、因情立体讲到即体成势、情和采,都是创作论中不可少的;加上《物色》的讲"情貌无遗",为古代文学论的特色。此外,《时序》是文学史,《才略》是作家论,《知音》是鉴赏论,都很重要,《序志》讲全书的内含和特色,也必不可少,所以都选。总之,这个选本,重点放在文学论上,所以文体中讲各种应用文的便都从略了。

周振甫

原 道 第 一

"原道"指文原于道,即文章是从对道的认识来写成的。刘勰一开头讲"文之为德",他讲的文,分形文、声文、情文。形文的德即形和色,有了天地就有天地的形和色,即形文的德和天地并生。声文的德即韵律,有了泉石激韵就有了声文。人文的德即情思,有了人的思想感情就有了情文。形文、声文可以独立在文章以外。为什么讲文章要讲形文、声文呢?因为他要讲骈文,他认为骈文要讲对偶、辞藻,是形文;又要讲声律,是声文;又要表达思想感情,是情文。他认为骈文是自然形成的。

他又讲最早的"人文"是从"神理"来的。即道是从"神理"来的,这是客观唯心主义。他认为八卦是从黄河里龙马献图来的,这是神理。其实,这种神话传说,不当据以立论。他从八卦联系到《易经》,再联系到《书经》、《诗经》,说这一切都是圣人认识了神理创作出来的,即圣人认识了道创作出来的,这样说也不够正确。

这篇除了有不正确的观点外,有三点好处:一是要用有内容、有教育作用的经书来纠正当时内容空洞的浮靡文风;二是要提倡自然来纠正当时矫揉造作的文辞;三是指出文原于道,要根据对道的认识来写文章。

文之为德也大矣①。与天地并生者何哉?夫玄黄色杂②,方圆体分③;日月叠璧④,以垂丽天之象⑤;山川焕绮⑥,以铺理地之形⑦:此盖道之文也。仰观吐曜⑧,俯察含章⑨,高卑定位,故两仪既生矣⑩。惟人参之⑪,性灵所钟⑫,是谓三才⑬。为五行之秀⑭,实天地之心。心生而言立,言立而文明,自然之道也。

【注释】

① 文:包括颜色、形状、五音、文章。德:文本身所具有的属性,即文的形、声、情。② 玄黄:是天和地的颜色。③ 方圆:指地和天,古人误以为天圆地方。④ 叠璧:《尚书·顾命》的《正义》里传说,日月曾经一度像璧玉那样重叠起来。⑤ 丽:附着。⑥ 焕:光彩。绮:有花纹的丝织品,此指文彩。⑦ 铺:分布。理地:使地有文理。⑧ 吐曜:发光,指日、月、星。⑨ 含章:含有文章。⑩ 两仪:指天、地。⑪ 参:三。⑫ 性灵:指人的天性灵智。钟:聚集。⑬ 三才:天、地、人。⑭ 五行:金、木、水、火、土,古人认为是天地万物的五种元素。

傍及万品①,动植皆文:龙凤以藻绘呈瑞②,虎豹以炳蔚凝姿③;云霞雕色,有逾画工之妙;草木贲华④,无待锦匠之奇。夫岂外饰，盖自然耳！至于林籁结响⑤，调如竽瑟⑥；泉石激韵，和若球锽⑦：故形立则章成矣，声发则文生矣。夫以无识之物，郁然有彩⑧；有心之器，其无文欤⑨？

【注释】

① 傍：当作"旁"，指广。万品：万类。② 藻：文彩。绘：彩画。③ 炳：光采鲜明。蔚：色彩繁多。④ 贲(bì)：装饰。贲华：开花。⑤ 籁：风吹孔窍所发出的声音。⑥ 竽：吹奏乐器，像笙，有三十六簧。瑟：弹奏乐器，像琴，有五十或二十五弦。⑦ 球：玉磬。锽：钟声。⑧ 郁然：形容文彩盛。⑨ 其：岂。欤：疑问助词。

人文之元①，肇自太极②，幽赞神明③，《易》象惟先④。庖牺画其始，仲尼翼其终⑤。而《乾》、《坤》两位⑥，独制《文言》⑦。言之文也，天地之心哉！若乃《河图》孕乎八卦⑧，《洛书》韫乎九畴⑨，玉版金镂之实⑩，丹文绿牒之华⑪，谁其尸之，亦神理而已⑫。

【注释】

① 人文：《情采》中作"情文"，指五性，即仁、义、礼、智、信，五性发而为文章，所以称人文。人文在有了人以后才有。元：始。② 肇：开端。太极：天地未分以前的元气。③ 幽：深。赞：明，通晓。神明：神奇的道理。④《易》象：指八卦。⑤ "庖牺"二句：相传庖牺(伏羲)画八卦，孔子作

《十翼》。《十翼》是十篇解释《易经》的文章,翼是辅佐的意思。⑥《乾》、《坤》:二卦名。⑦ 独制《文言》:相传孔子作《文言》来解释《乾卦》和《坤卦》。⑧《河图》孕乎八卦:相传黄河里龙马献图,伏羲依照图文作八卦。⑨《洛书》韫乎九畴:相传洛水里神龟献书,禹依照书制定九畴。九畴:九类治国的大法。⑩ 镂:刻。⑪ 牒:竹简。⑫ 尸:主管。神理:指道。

自鸟迹代绳①,文字始炳②。炎皞遗事,纪在《三坟》③,而年世渺邈④,声采靡追⑤。唐虞文章,则焕乎始盛。元首载歌⑥,既发吟咏之志;益稷陈谟⑦,亦垂敷奏之风⑧。夏后氏兴,业峻鸿绩⑨,九序惟歌⑩,勋德弥缛⑪。逮及商周⑫,文胜其质,《雅》、《颂》所被,英华日新。文王患忧⑬,繇辞炳曜⑭。符采复隐⑮,精义坚深。重以公旦多材⑯,振其徽烈⑰,剬诗缉颂⑱,斧藻群言⑲。至夫子继圣,独秀前哲,熔钧六经⑳,必金声而玉振㉑;雕琢情性,组织辞令,木铎起而千里应㉒,席珍流而万世响㉓,写天地之辉光,晓生民之耳目矣。

【注释】

① 鸟迹:相传仓颉仿照兽蹄鸟爪痕迹来制造文字。绳:上古结绳记事。② 炳:明显。③ 炎:炎帝神农氏。皞(hào):太皞伏羲氏。《三坟》:相传记载三皇的书。三皇即伏羲、神农、黄帝。④ 渺邈(miǎo):遥远。⑤ 靡:无。⑥ 元

首:指舜。载:始。⑦ 益:伯益。稷:后稷。都是舜臣。陈谟:陈述谋议。⑧ 垂:示。敷奏:进言。⑨ 夏后氏:指禹。业、绩:均指业绩,事功。峻:高。鸿:大。⑩ 九序惟歌:九种功绩各有顺序,加以歌颂。九序,指水、火、金、木、土、谷、正德、利用、厚生都有秩序。⑪ 弥:更。缛:丰富。⑫ 逮:及。⑬ 文王患忧:指周文王被商纣王囚禁在羑(yǒu)里。⑭ 繇(zhòu)辞:《易经》中解释卦和爻(卦由爻组成,每一卦从下至上有六个爻)的话。⑮ 符采:玉的横纹,指文采。复隐:丰富含蓄。⑯ 公旦:文王子周公,名旦。⑰ 振:发扬。徽:美。烈:功。⑱ 剬:同"制"。缉:辑。⑲ 斧藻:修饰。斧,指砍削。⑳ 熔:铸器的模子。钧:造瓦的转轮。熔钧:指制作编订。六经:《诗》、《书》、《礼》、《乐》、《易》、《春秋》。㉑ 金声、玉振:奏乐时先击金属的钟,结束时再击玉石的磬,此指集大成。㉒ 木铎(duó):用木做舌的大铃,宣扬文教时摇铎。㉓ 席珍:儒者在坐席上有珍贵的道德学问来供人请教。

爰自风姓①,暨于孔氏②,玄圣创典③,素王述训④,莫不原道心以敷章⑤,研神理而设教,取象乎《河》、《洛》,问数乎蓍龟⑥,观天文以极变⑦,察人文以成化;然后能经纬区宇⑧,弥纶彝宪⑨,发挥事业,彪炳辞义⑩。故知道沿圣以垂文,圣因文而明道,旁通而无滞,日用而不匮⑪。《易》曰:"鼓天下之动者存乎辞。"辞之所以能鼓天下者,乃道之文也。

【注释】

① 爰:于是。风姓:指伏羲。② 暨(jì):及。③ 玄圣:远古的圣人,指伏羲。玄:远。④ 素王:空王,汉人认为孔子有王者之德而没有王位,所以称他为素王。⑤ 道心:自然之道的精意。"心"即"天地之心",相当于"神理",只有圣人才能体认。⑥ 数:术数,指未来的命运。蓍(shī):草名,古时用它的梗来占吉凶。龟:龟甲,古时把龟腹甲钻后烧灼,看它的裂纹来卜吉凶。⑦ 极:穷尽。⑧ 经纬:织布的经线、纬线交织,指治理。⑨ 弥纶:包举。彝(yí)宪:常法,经久不变的大经大法。⑩ 彪炳:像虎纹般鲜明。⑪ 匮:乏。

赞曰:道心惟微,神理设教。 光采元圣①,炳耀仁孝。 龙图献体,龟书呈貌;天文斯观②,民胥以效③。

【注释】

① 元圣:大圣,指孔子,与上文玄圣指伏羲不同。② 斯:助词。③ 胥:都。效:仿效。

【翻译】

文章的属性,是极普遍的,它同天地一起产生。怎么说呢?天是玄色、地是黄色,天是圆的、地是方的;日月像重叠的玉璧,来显示附丽在天上的形象;山河像锦绣,来展示分布在地上的形象,这应该就是大自然的文章。向上看到日星的光耀,向下看到山河的文彩,上下的位置确定,便产生了天、地。只有人和它相配，是性灵之所孕育，这就成为"三才"。人是五行之秀，是天地之心，从心灵产生了语言，从语言形成了文章，这是很自然的事情。

推广到万物，动植物都有文章：龙凤用文彩来显示祥瑞，虎豹用毛斑来构成雄姿；云霞呈色，胜过画工的妙绘；草木开花，无需锦匠的奇技。这难道是外加的装饰吗？是自然形成的啊！再如风吹林木发声，谐和得像吹竽弹瑟；泉激岩石成韵，应和得像击磬打钟：所以有了形体就成章，发出声响就生文。这些都是无知的东西，还大有文彩，何况有心智的人，哪能没有文章？

人的文章的起源，源于所谓的太极，深通这个神奇的道理，首推《易经》中的卦象。从伏羲画八卦开始，到孔子作《十翼》结束。其中的《乾卦》、《坤卦》，孔子特地写了《文言》来解释。可见言要有文采，才算是天地之心啊！至于说《河图》孕育出八卦、《洛书》包藏了九畴、玉版上刻着金字、绿简上写着丹文，是谁来做的，也无非靠神理而已。

自从模仿鸟迹来代替结绳，文字的作用显著起来。炎帝、太皞传下来的事迹，记载在《三坟》里，可是年代太遥远，它的那些文采已无从追想。唐虞时代的文章，才兴盛起来而发出光彩。元首带头作歌，已是有吟咏的意思，伯益、后稷陈述谋议，也传下进言的风气。夏朝兴起，建立了丰功伟业，工作井井有条，得到了歌颂，勋德更加彰著。到了商周，文采胜过前代的质朴，《雅》乐、《颂》歌广为传播，文采越来越新颖。周文王在忧患之时，所作繇辞文采照耀，内容含蓄，意义精深。加之周公多才，发扬文王的事业，制诗作颂，修饰文辞。到孔子继承前圣，而超过他们，编订六经，都像金声玉振般集其大成；他培养成美好的性情，组织成精美的词语；他像木铎振动而传声千里，他像席珍流传影响万世，体现出天地的光辉，聪明了人们的耳目。

从风姓到孔子，前圣创作典制，素王阐述义训，没有不是推求道心来写文章，探索神理来建立教化，从《河图》、《洛书》取得形象，向蓍草、龟甲探问气数，观察天文来穷究变化，考察人事来完成教化；然后才能治理天下，制定常法，使事业发展，辞义彰明。由此可知道是通过圣人用文章来表达，圣人又通过文章来明道，这样用到什么地方都不会有阻碍，每天用它也不会感到不足。《易·系辞传上》说："鼓动天下的在于文辞。"文辞所以能够鼓动天下，就是因为它是表达道的文章。

赞道：道的精意很微妙，圣人用神理来设教。光采的元圣在宣扬仁孝。龙图献出体制，龟书呈现面貌；再观察了天文，人们都来仿效。

征 圣 第 二

《征圣》就是写文章要用圣人的文章来检验,看看是否符合圣人的写法。《原道》里提出要按照对道的认识来写文章;而圣人认识道,能用文章来说明道,所以写文章要用圣人的文章来检验。刘勰认为圣人的文章有几点好处:一、圣人对于政治教化看重文章,对于事件看重文章,对于品德修养看重文章。这里讲的文章,即文化的意思。即从政治教化到各种事件,到品德修养,都要求有高度的文化。二、圣人的文章,有的用简练的语句来表达意旨,有的用繁富的文辞来概括感情,有的用明显的理论来建立体式,有的用含蓄的文辞来隐藏作用,即有简练和繁富、明显和含蓄四种不同写法。三、要辨明各种事物,给以正确的说明,文辞重在体察要义。四、把精理秀气称为文采,即文采不限于辞藻。

这篇《征圣》有个缺点,即从《原道》来,认为只有圣人认识道。这是不够正确的。这篇《征圣》的好处:一、认为要写好的文章,先要有好的道德修养。就个人说,讲到"修身贵文",就要"志足"、"情信",有志向,说真情,不能说假话。

就"政化贵文",要"陶铸性情",把人们的性情改造好。就"事迹贵文",要合理合礼。二、要适应内容的需要,学会简练和繁富、明显和含蓄的各种写法。三、以精理秀气为文采,纠正当时浮靡的文风。

夫作者曰"圣",述者曰"明"①。陶铸性情②,功在上哲③。夫子文章,可得而闻④,则圣人之情,见乎文辞矣。先王圣化,布在方册⑤,夫子风采,溢于格言⑥。是以远称唐世,则焕乎为盛⑦;近褒周代,则郁哉可从⑧:此政化贵文之征也。郑伯入陈,以文辞为功⑨;宋置折俎,以多文举礼⑩:此事迹贵文之征也。褒美子产,则云"言以足志,文以足言"⑪;泛论君子,则云"情欲信,辞欲巧"⑫:此修身贵文之征也。然则志足而言文,情信而辞巧,乃含章之玉牒⑬,秉文之金科矣⑭。

【注释】

①"夫作者曰'圣'"二句:《礼记·乐记》里有"作者之谓'圣',述者之谓'明'"两句,原意是指能够制礼作乐的是圣人,能够继承圣人的制作是贤人。② 陶铸:陶是制瓦器的,铸是冶工。陶铸意谓像陶人冶工制器那样,把人教育改造成为有用的人才。③ 上哲:圣人。④ 夫子:指孔子。"夫子文章"二句:本于孔子学生子贡的话。《论语·公冶长》:"子贡曰:夫子之文章,可得而闻也。"⑤ 方:木板。册:编联的竹木简。方册:指书籍。因为古代文字写在方

册上,所以这样说。⑥ 格言:可以作为法则的话,格就是法则。⑦ 焕乎:形容光明。《论语·泰伯》:"焕乎其有文章!"⑧ 郁哉:即郁郁,形容富有文采。《论语·八佾》:"郁郁乎文哉!吾从周。"(从周,指遵从周代的文化)⑨ "郑伯入陈"二句:事见《左传·襄公二十五年》。据载,郑简公起兵打进陈国,向当时各国的盟主晋国去报告。晋国质问郑国为什么要侵略小国,郑国子产回答说,陈国领了楚国来打郑国,填塞了井,砍了树木,对郑国犯了罪。郑国向晋国报告了,晋国不管,所以要去讨伐。子产的话讲得理由很充足,得到孔子的赞美。⑩ "宋置折俎"二句:事见《左传·襄公二十七年》。据载,宋平公接待晋国贵宾赵文子,在宴会上宾主的发言都很有文采,得到孔子的称赞。置:办。折俎(zǔ):把牲体的骨节切断了放在俎上,这是一种隆重的礼节。俎,放牲体的器具。举礼:记下这次合礼的事。举:记录。⑪ "言以足志"二句:孔子赞美子产的话,见《左传·襄公二十五年》。⑫ "情欲信"二句:这是孔子说的话,见《礼记·表记》。⑬ 含章:蕴藏着文采。玉牒:贵重的文件。⑭ 秉文:掌握着文章。金科:贵重的条例。

夫鉴周日月①,妙极机神②;文成规矩③,思合符契④。或简言以达旨,或博文以该情⑤,或明理以立体⑥,或隐义以藏用。故《春秋》一字以褒贬⑦,丧服举轻以包重⑧,此简言以达旨也。邠诗联章以积句⑨,《儒行》缛说以繁辞⑩,此博文以该情也。书契断决以象《夬》⑪,文章昭晰以象《离》⑫,此明理以立体也。

四象精义以曲隐⑬,五例微辞以婉晦⑭,此隐义以藏用也。 故知繁略殊形,隐显异术,抑引随时,变通适会,征之周孔,则文有师矣。

【注释】

① 周:普遍。② 机:同"几",事物微露苗头叫几。③ 规矩:指文章的法度、规模。④ 符契:合同、契约,有两份,对起来完全相合。⑤ 该:兼备。⑥ 体:主体,重要部分。⑦《春秋》一字以褒贬:《春秋》里往往用一个字表示赞美或贬斥,如隐公元年:"郑伯克段于鄢。"用"克"字指斥郑伯以弟为敌人,也指斥共叔段与兄敌对。⑧ 丧服举轻以包重:化用《礼记·曾子问》"缌不祭"之意。缌是用熟麻布制的丧服,"缌不祭"是说穿这种轻丧服的不必参加祭祀。由此推论,则穿重丧服的不参加祭祀自然不言而喻了。这就是所谓"举轻以包重"。⑨ 邠(bīn)诗:指《诗经·邠风》中的《七月》诗。全诗分八章,每章十一句,在《诗经》中是一首较长的诗。⑩《儒行》:指《礼记》中的《儒行》篇,篇中讲儒者的行为志节等分为十六种。⑪ 书契:文字。《夬(kuài)》:《夬卦》表示决断。⑫ 昭晰:明白。《离》:《易经》中的《离卦》,象火。⑬ 四象:指《易经》中的四种"象",即实象、假象、义象、用象。如以乾卦象天,为实象;以乾为父,为假象;以乾为健,为义象;乾有元、亨、利、贞(始、通、和、正)四德,为用象。四象的含义是曲折隐晦的。⑭ 五例微辞以婉晦:杜预《春秋左氏传序》里讲到五种写作条例:一曰微而显,二曰志而晦,三曰婉而成章,四曰尽而不污,五曰惩恶而劝善。

是以论文必征于圣,窥圣必宗于经。《易》称"辨物正言,断辞则备"①;《书》云"辞尚体要,弗惟好异"②。故知正言所以立辩,体要所以成辞;辞成无好异之尤,辩立有断辞之义。虽精义曲隐,无伤其正言;微辞婉晦,不害其体要。体要与微辞偕通,正言共精义并用;圣人之文章,亦可见也。颜阖以为"仲尼饰羽而画,徒事华辞"③。虽欲訾圣④,弗可得已⑤。然则圣文之雅丽,固衔华而佩实者也!天道难闻,犹或钻仰;文章可见,胡宁勿思⑥?若征圣立言,则文其庶矣⑦。

【注释】

①"辨物正言"二句:这是《易·系辞下》里的话。②"辞尚体要"二句:这是《伪古文尚书·毕命》里的话,刘勰当时认为是真的。③"颜阖"二句:这是《庄子·列御寇》里讲到颜阖诋毁孔子的话。④訾(zǐ):诋毁。⑤已:语助词。⑥胡宁:何乃。⑦庶:庶几,近乎。

赞曰:妙极生知①,睿哲惟宰②。精理为文,秀气成采。鉴悬日月,辞富山海。百龄影徂③,千载心在。

【注释】

① 生知:生而知之,指圣人,其实孔子也不承认是生知。② 睿(ruì):智慧。宰:主宰。③ 影徂(cú):犹形逝,形体消逝。徂,往的意思。

【翻译】

　　创造的叫做"圣"，阐发的叫做"明"。陶冶性情，要归功于圣人。子贡说孔子的文章，是可以看到的，可见圣人的思想感情要从文辞里体现出来。先王的教化，记载在书本上，孔子的风采，从他的格言里流露出来。他讲遥远的唐尧时代，说它兴盛而发出光彩；近世的周代，说它有文采可以遵从：这是在政治教化上孔子看重文章的凭证。春秋时郑伯打进陈国，靠文辞收到功效；宋国宴会有折俎，因有文采，这次礼节被记录下来：这是从以往的史实上孔子看重文章的凭证。赞美子产，便说"言语用来充分地表达意志，文采用来充分地修饰言语"；孔子一般地谈到君子，便说"感情要真实，文辞要美好"：这是在个人修养上孔子看重文章的凭证。那么，意志充实而言语讲文采，感情真实而文辞能美好，便是写文章的金科玉律了。

　　观察周到像日月，妙用极尽有机神；文章成规矩，构思符合要求。有时用简练的言语来表达意旨，有时用繁富的文辞来讲透内容，有的用明显的理论构成全篇的体式，有的用含蓄的意义来隐藏潜在的作用。所以《春秋》用一个字来赞美或贬斥，丧服里举轻丧服来概括重丧，这就是用简练的言语来表达意旨。《诗经·邠风》里积句成章，联章成篇；《礼记·儒行》里反复申说，文辞繁富，这就是繁富的文辞用来讲透内容。用《夬卦》来表示决断，用《离卦》来表示照明，这就是用明显的理论构成全篇的体式。用四象曲折隐晦地表达精义，用五例婉转含蓄地表达微辞，这是用含蓄的意义来隐藏深刻的作用。由此可知，繁和简有不同的样式，隐和显有不同的表达法，压缩引申要看需要，变化转换应适应情况，求之于周公、孔子，文章就有所师法了。

因此评论文章一定要求之于圣人，探索圣人一定要本之于经。《易经》里说："辨明事物作出的语言正确，这样作出的判断就辞意完足。"《书经》里说："文辞重在体察要义，不只是爱好奇异。"由此可知，语言正确是为了用来建立论点，体察要义是为了构成文辞。这样写成的文辞不会有好奇的毛病，这样建立的论点有措辞明断的好处。纵使精义写得曲折深隐，也并不会妨碍它语言正确；微辞写得婉转含蓄，也并不损害它体察要义。体察要义和微辞是相通的，论点正确和精义是并用的。这些在圣人的文章里都可以看到。颜阖认为"孔子在有装饰的鸟羽上画文采，是徒然讲究华丽的辞藻"。想这样来诋毁圣人，还是诋毁不了的。这样说来，圣人文章之雅正华丽，本是既有文采又讲内容的啊！天道难懂，还有人去钻研；文章可见，为什么不去讲究呢？如果能求之于圣人然后立言，写成的文章也就差不多够水平了。

赞道：妙到极点的是生知的圣人，他掌握着最高的智慧。精理写成文，秀气变成采。观察像日月，文辞富山海。形影百年后虽然逝去，思想精神千年后还会存在。

宗 经 第 三

"宗经"即文章以儒家的经书为主来效法,跟"征圣"一致。刘勰认为经书是"恒久之至道",所以用文章来明道,也要效法经书。他讲的经书指经过孔子"删述"的《易经》、《书经》、《诗经》、《礼记》和《春秋》。他认为《易经》是讲天道的,《书经》是记录宣言文告的,《诗经》是表达情志的,《礼经》是制定规范条例的,《春秋》是讲褒贬的。即认为可以学习这五部经书来反映各方面的生活,又认为各种文体都是从这五部经书里发展演化出来的。

更重要的,他提出"文能宗经"有六个好处:一是情深而不诡,二是风清而不杂,三是事信而不诞,四是义正而不邪,五是体约而不芜,六是文丽而不淫。这"六义"树立了写文章的正确要求:情深、风清、事信、义正、体约、文丽,除去文章的毛病:诡、杂、诞、邪、芜、淫。这六种毛病也是他所要纠正的当时文风的各种弊病。

这样看来,刘勰认为宗经的好处,一是用不同写法来反映各种不同的生活,二是为文章写作提供了正确的义例。当然,"六义"之说,已超出宗经的范围,涉及到了全书论写作的要求,而且既有积极方面的要求,又有消极方面的排除。

　　这篇的缺点,是把经书的作用夸大了,说是"恒久之至道,不刊之鸿教"。其实经书只是一个时代的需要,时代变了,它的适用性也要变。再说后世的各种文体,有的是从经书中发展演变来的,但有的是新创的,不可能都是从经书中来的。

　　三极彝训①,其书言"经"。"经"也者,恒久之至道②,不刊之鸿教也③。故象天地④,效鬼神⑤,参物序⑥,制人纪⑦;洞性灵之奥区⑧,极文章之骨髓者也⑨。皇世《三坟》⑩,帝代《五典》⑪,重以《八索》⑫,申以《九丘》⑬;岁历绵暧⑭,条流纷糅⑮。自夫子删述⑯,而大宝咸耀⑰。于是《易》张《十翼》⑱,《书》标"七观"⑲,《诗》列"四始"⑳,《礼》正"五经"㉑,《春秋》"五例"㉒。义极埏乎性情㉓,辞亦匠于文理㉔,故能开学养正,昭明有融㉕。然而道心惟微,圣谟卓绝㉖;墙宇重峻㉗,而吐纳自深㉘。譬万钧之洪钟㉙,无铮铮之细响矣㉚。

【注释】

　　① 三极:把天、地、人三才的道理探索到极点叫三极。彝:经常的,经久不变的。② 至道:推究到极点的道理。③ 不刊:不可磨灭。刊,削。鸿:大。④ 象:取象。⑤ 效:检验。⑥ 参:参究,深研。⑦ 人纪:人伦纲纪,即人和人之间的伦常关系。⑧ 洞:深通。⑨ 骨髓:指精华。⑩《三坟》:

见《原道》注。⑪《五典》：少昊、颛顼（zhuān xū）、高辛、尧、舜五帝的书。⑫《八索》：讲八卦的书。⑬《九丘》：讲九州的书。⑭绵：久远。邈：不明。⑮糅：杂。⑯删述：相传孔子删《诗》、《书》，订《礼》、《乐》，作《易·十翼》、《春秋》。⑰大宝：指经书。⑱《十翼》：十篇解释《易经》的文字，即《彖（tuán）辞》上下、《象辞》上下、《系辞》上下、《文言》、《说卦》、《序卦》、《杂卦》。⑲七观：《尚书大传》说，从《尚书》中可以看到义、仁、诚、度（法度）、事（事物）、治（政治）、美，所以称为"七观"。⑳四始：指《诗经》中的风、大雅、小雅、颂四部分。始：王政兴衰的开始。㉑五经：指吉礼（祭祀）、凶礼（丧吊等）、宾礼、军礼、嘉礼（婚冠等）。㉒五例：见《征圣》注。㉓埏（shān）：揉和黏土，引申为陶冶。㉔匠：工匠，引申为掌握技巧。㉕昭明：明亮。融：大明。㉖谟：谋议。㉗宇：屋宇。重：深。峻：高。㉘吐纳：双关，一承"墙"字，指容纳多；一指言论。㉙钧：三十斤。洪：大。㉚铮铮：金属声。

夫《易》惟谈天，入神致用；故《系》称旨远辞文，言中事隐。韦编三绝①，固哲人之骊渊也②。《书》实记言，而训诂茫昧③，通乎尔雅④，则文意晓然。故子夏叹《书》，"昭昭若日月之明，离离如星辰之行"，言昭灼也⑤。《诗》主言志，诂训同《书》，摛风裁兴⑥，藻辞谲喻⑦，温柔在诵⑧，故最附深衷矣⑨。《礼》以立体⑩，据事制范，章条纤曲，执而后显；采掇片言，莫非宝也。《春秋》辨理，一字见义；五石六鹢⑪，以详备成文;雉门两观⑫,以先后显旨。其婉章志晦,谅以邃矣⑬。《尚书》则览文如诡,而寻理即畅;《春秋》则观辞立晓,而访义方隐,此圣文之殊致,表里之异体者也。

【注释】

① 韦:熟皮。古代用熟皮做绳来串连写字的竹木简,最早的书就是这个形式。相传孔子晚年喜欢读《易》,因多次阅读,以致"韦编三绝",即串连简册的皮绳断了三次。② 骊:黑色,这里指黑龙。骊渊:黑龙潜伏的深渊。龙的颔下有颗珠子,此处以得到珠子比喻得到文章的精义。③ 训诂:解释古语。茫昧:不明。④ 尔雅:近正,近乎标准,指用通行语来解释。⑤ 子夏:孔子的学生。"昭昭"二句:见于《尚书大传》。昭灼:明显。⑥ 摛(chī):传播。裁:制作。⑦ 藻辞:使文辞有文采。谲喻:比喻婉曲。⑧ 温柔:即温柔敦厚。儒家认为温柔敦厚是诗教。⑨ 附:接近。⑩ 体:体制。⑪ 五石六鹢:即《春秋·僖公十六年》所谓"陨石于宋五","六鹢退飞,过宋都"。《公羊传》在解释这三句话时说:"曷为(为什么)先言'陨'而后言'石'?记闻,闻其磌然(状声),视之则石,察之则五。……曷为先言'六'而后言'鹢'?'六鹢退飞',记见也,视之则六,察之则鹢,徐而察之则退飞。"后人常据此证明经书行文都有讲究,先说哪个字,后说哪个字,都是符合实际观察所得的。鹢(yì):一种水鸟。⑫ 雉门两观:即《春秋·定公二年》所谓"雉门(宫门)及两观(宫门外相对的两座望楼)灾"。《公羊传》说明用"及"字,表示雉门重要,两观不重要,有分别

轻重的用意。⑬ 谅:确实。邃:深远。

至根柢槃深①,枝叶峻茂,辞约而旨丰,事近而喻远。是以往者虽旧,余味日新。后进追取而非晚,前修久用而未先,可谓太山遍雨,河润千里者也。

故论、说、辞、序,则《易》统其首②;诏、策、章、奏③,则《书》发其源;赋、颂、歌、赞④,则《诗》立其本;铭、诔、箴、祝,则《礼》总其端⑤;纪、传、盟、檄,则《春秋》为根⑥:并穷高以树表,极远以启疆,所以百家腾跃,终入环内者也⑦。

【注释】

① 柢:根。槃:当作"盘",即蟠,盘曲。② 论、说、辞、序:文体名。参见本书《论说》。统:总。③ 诏、策、章、奏:文体名。帝王告臣下称诏、策,臣子告帝王称章、奏。④ 赋、颂、歌、赞:文体名。赋是铺叙的韵文,颂是歌功颂德娱神的诗,歌是配乐的诗,赞是表赞美的韵文。⑤ 铭、诔(lěi)、箴(zhēn)、祝:文体名。铭是刻在金石上的文字,诔是哀辞,箴是警戒的话,祝是祝告。⑥ 纪、传、盟、檄:文体名。盟,本作"铭",误。纪是大事记,传是人物传记,盟、檄是各国约会的文辞和宣告。⑦ 环:范围。

若禀经以制式,酌雅以富言①,是即山而铸铜②,煮海而为盐也。故文能宗经,体有六义:一则情深而不诡，二则风清而不杂，三则事信而不诞③，四则义贞而不回④，五则体约而不芜⑤，六则文丽而不淫。扬子比雕玉以作器⑥，谓《五经》之含文也。夫文以行立，行以文传，四教所先⑦，符采相济⑧。励德树声，莫不师圣，而建言修辞，鲜克宗经。是以楚艳汉侈，流弊不还，正末归本，不其懿欤⑨？

【注释】

① 雅：雅言，指经书中较标准的语言，别于方言而说。② 即：就。③ 诞：虚妄。④ 贞：正确。回：邪曲。⑤ 体：风格，指语言。⑥ 扬子：汉人扬雄。他在《法言·寡见》里用美玉需要雕琢，比喻言需要文采。⑦ 四教：《论语·述而》说孔子以四教：文、行、忠、信。⑧ 符采：玉的文采。⑨ 懿：美好。

赞曰：三极彝训，道深稽古①。致化归一，分教斯五②。性灵熔匠，文章奥府。渊哉铄乎③，群言之祖。

【注释】

① 稽：考究。② 斯：则。③ 渊：深。铄：美。

【翻译】

讲天、地、人最高的而且经久不变的道理的，这种书叫"经"。"经"是讲永久不变的大道理，不可改动的大教训。所以效法天地，检验鬼神，深究事物的次序，制定人的伦纪；洞察性灵的秘密，穷尽文章的精华。三皇时代的《三坟》，五帝时代的《五典》，加上《八索》，再及《九丘》，年代久远，流别复杂。自从经过孔子的删定阐述，其中的大宝都发出了光彩。于是《易》发挥出《十翼》，《书》标举出"七观"，《诗》陈列出"四始"，《礼》制定了"五经"，《春秋》规定了"五例"。在义理上可陶冶性情，在文辞上已竭尽技巧，所以能够启发学习培养正道，使这一切彰著光明。当然道心精微，圣教训高，正像高墙深宅，它所容纳的自然极为深广；好比万钧的大钟，决不会发出铮铮的细小之声。

《易》只讲天道，通神必可以致用；所以《系辞上》说它含义深而文辞美，话说得精当但又不讲得太明白，所以孔子读它把串连简册的皮带弄断了三次，是圣人探索学问奥秘的宝库。《书》是记言辞，可是语句古奥难懂。要用通行的标准语言来解释，就文意清楚，所以子夏赞美《书》"像日月那样明亮，像星宿那样分明"，说它的记载十分明白。《诗》用来表达情志，语言跟《书》一样需要解释，它传播风谣，采用比兴，文辞美丽，比喻婉曲，诵读时可以体会到温柔敦厚，所以最能深入人心。《礼》用来建立体制，根据事实，制定规范，条例细密详尽，实行起来功效显著。摘取其中的片言只语，没有不是珍宝。《春秋》分别是非，用一个字来表达意义。说"五石六鹢"，用详密的记载来构成文辞；说"雉门两观"，用排列的先后来显示用意。它文笔婉曲，用意隐蔽，确实是很深远。《尚书》的文字好像古奥，探讨它的意义却很明白；《春秋》的文字一看就懂，探讨它的意义却很隐蔽，这是圣人的文字各有特色，从表到里构成不同的体例所造成的。

至于根柢盘结深固，枝叶高峻茂密，语言简练而旨趣繁富，叙事浅近而喻意深远。所以这些文章虽是旧的，从里面却可每天体味出新的东西。后学想从中探索并不会嫌迟，前辈已长期运用也不算占先，它可以说像太（泰）山的云使遍地有雨，像黄河的水使千里浸润。

所以论、说、辞、序，是起始于《易》；诏、策、章、奏，是发源于《书》；赋、颂、歌、赞，是根本于《诗》；铭、诔、箴、祝，是开端于《礼》；纪、传、盟、檄，是根柢于《春秋》：这些经书，都建立起最高的标准，开拓出最广阔的领域，所以诸子百家腾飞活跃，到底不能跳出这个圈子。

假使根据经来制定体式，参酌它的文辞来丰富语言，这就好比靠矿山来铸铜，熬海水来制盐。所以文章能够以经为宗，就会具备六个好处：一是感情深厚而不偏私，二是风格纯正而不混杂，三是记事真实而不虚假，四是立论正确而不邪曲，五是语言精炼而不繁冗，六是文辞美丽而不淫靡。扬雄用玉做成器物需要雕琢来比方，说明《五经》有文采之可贵。文辞凭德行来建立，德行靠文辞来流传，在四教中以文为先，和其他三者相济。而后世立德成名，没有不效法圣人；而作文修辞，却很少能够宗法经籍。因此《楚辞》艳丽，汉赋浮夸，流弊越来越发展，纠正末流回到正路，岂非一大好事？

赞道：讲天、地、人最高的而且经久不变的道理，要深入考求于上古。教化的目的一致，分别设教则经籍有五。这是性灵陶铸的大匠，文章深奥的宝库。既渊博又光辉，成为言论文章的始祖。

辨骚第五

"辨骚"是辨别《离骚》里哪些合乎经书,哪些不合。通过这样的辨别,看到《离骚》在文学上的发展变化,所以刘勰在《序志》里说"变乎骚"。这种变化表现在几方面:一、"奇文郁起"。它不是继承《诗经》,而是"奇文郁起",是新奇的,是创造。但创造中也有所继承,"《国风》好色而不淫,《小雅》怨诽而不乱"便是,所谓"同于《风》、《雅》"也是。二、《离骚》里有诡异谲怪的神话,这是新创。三、"风杂于战国",即《时序》说的"故知炜晔之奇意,出乎纵横之诡俗",吸收纵横家夸张的说法,这又是新创。四、从《楚辞》看,有"朗丽哀志"的,有"绮靡伤情"的,有"瑰诡慧巧"的,有"耀艳深华"的,加上"放言之致"、"独往之才",所以《时序》称其"笼罩《雅》、《颂》"。这是它在形成各种风格上超过《诗经》的地方。讲它叙情怨则易感,述离居则难怀,论山水则得貌,言节候则见时,各种抒情描绘手法具有特色。在对《楚辞》的学习上,刘勰提出"酌奇而不失其贞,玩华而不失其实"。要奇正结合,花实兼采。

这篇稍有不足处,即刘勰一方面称《楚辞》

"气往轹古",是压倒古人之作;一方面又认为"《雅》、《颂》之博徒",好像不如《雅》、《颂》,跟他讲的"笼罩《雅》、《颂》"有矛盾。又称"摘此四事,异乎经典",好像不如经典。其实运用神话,是所谓浪漫主义手法;取法彭咸,正显示屈原的为国殉身;"荒淫之意",正反映楚王的宫廷生活,都不当加以贬抑。

自风雅寝声①,莫或抽绪②,奇文郁起,其《离骚》哉!固已轩翥诗人之后③,奋飞辞家之前,岂去圣之未远,而楚人之多才乎!昔汉武爱《骚》,而淮南作传④,以为"《国风》好色而不淫⑤,《小雅》怨诽而不乱⑥,若《离骚》者,可谓兼之。蝉蜕秽浊之中⑦,浮游尘埃之外,皭然涅而不缁⑧,虽与日月争光可也"。班固以为"露才扬己⑨,忿怼沉江⑩,羿、浇、二姚,与左氏不合⑪;昆仑悬圃,非经义所载⑫。然其文辞丽雅,为词赋之宗,虽非明哲,可谓妙才"。王逸以为"诗人提耳⑬,屈原婉顺。《离骚》之文,依经立义;驷虬乘鹥⑭,则时乘六龙⑮;昆仑流沙,则《禹贡》敷土⑯。名儒辞赋,莫不拟其仪表⑰,所谓金相玉质⑱,百世无匹者也"。及汉宣嗟叹,以为皆合经术⑲;扬雄讽味,亦言体同《诗·雅》⑳。四家举以方经,而孟坚谓不合传㉑,褒贬任声,抑扬过实,可谓鉴而弗精,玩而未核者也㉒。

【注释】

① 风雅寝声:指周朝衰败,不再采诗,诗的声音不再

被人注意。寝,停息。②抽绪:抽出头绪,指继承。③轩翥(zhǔ):高飞。④淮南作传:淮南王刘安入朝,汉武帝命他作《离骚传》。⑤淫:过分。⑥诽:讥讽。乱:没有节制。⑦蝉蜕:蝉蛹脱皮,蜕化为蝉。⑧皭(jiào)然:形容皎洁。涅(niè)而不缁(zī):染不黑。涅,染黑。缁,黑。⑨班固:东汉前期作家。班固的话见《离骚序》,这里引用时作了删节。⑩忿怼(duì):怨恨。⑪羿(yì):后羿,有穷国君。浇:过浇。"羿、浇、二姚"二句:这是刘勰的误解。班固《离骚序》说:"淮南王安叙《离骚传》……至羿、浇、少康、二姚、有娀佚女,皆各以所识有所增损。"刘安怎样增损,不清楚。但班固是指刘安,不指《离骚》。刘勰误以为是指《离骚》,说它和《左传》不合,其实《离骚》序事还是和《左传》一致的。如《离骚》里讲后羿贪于打猎,没有好结果;浇恃强行暴被杀;少康未婚,有虞氏的二姚未嫁,想托人去做媒。而《左传》说羿贪于打猎,被寒浞所杀。寒浞子浇,为夏少康所杀。有虞氏把二女(二姚)嫁给少康。可见《离骚》里写的和《左传》并无不合。⑫"昆仑悬圃"二句:屈原的《离骚》里讲到昆仑,《天问》里提到昆仑山上的悬圃,班固认为经书里有讲到昆仑悬圃。昆仑:古代神话传说中的西方神山。悬圃:昆仑山的顶峰(一说是昆仑山的第二级)。⑬王逸:东汉学者,著有《楚辞章句》。"诗人提耳"数句,是他在《章句》序里所说的,刘勰转述时作了删节。⑭驷虬(sì qiú):用四条虬龙驾车。驷,指四马驾车。虬,龙子,有两角的小龙。乘鹥(yì):骑凤凰。鹥,凤凰类。"驷虬乘鹥"本于《离骚》:"驷玉虬以乘鹥兮。"⑮时乘六龙:即时常驾着六条龙巡行天上。语本《易·乾·象辞》:"时乘六龙以御天。"⑯ 流沙:沙漠,当即今之戈壁。《离骚》里提到"流沙"。《禹贡》:《尚书》中的篇名。篇中也有"昆仑"、"流沙"之名。敷土:指治理水土。⑰ 仪表:外貌风度。⑱ 金相玉质:用金玉为质。相,质地。⑲ "汉宣嗟叹"二句:《汉书·王褒传》说,汉宣帝认为"辞赋大者(好的)与古诗(《诗经》)同义,小者(次的)辩丽可喜……尚有仁义风谕、鸟兽草木多闻之观"。这就是所谓"皆合经术"。⑳ "扬雄讽味"二句:扬雄的话无考。扬雄:西汉末年学者和辞赋家。讽:诵读。味:体会。㉑ 孟坚:班固字。㉒ 玩:赏鉴。

将核其论,必征言焉。故其陈尧舜之耿介①,称禹汤之祗敬②,典诰之体也③;讥桀纣之猖披④,伤羿浇之颠陨⑤,规讽之旨也;虬龙以喻君子。云蜺以譬谗邪⑥,比兴之义也;每一顾而掩涕⑦,叹君门之九重⑧,忠怨之辞也;观兹四事,同于《风》、《雅》者也。至于托云龙⑩,说迂怪⑪,丰隆求宓妃⑫,鸩鸟媒娀女⑬,诡异之辞也⑭;康回倾地⑮,夷羿彃日⑯,木夫九首⑰,土伯三目⑱,谲怪之谈也⑲;依彭咸之遗则⑳,从子胥以自适㉑,狷狭之志也㉒;士女杂坐,乱而不分,指以为乐,娱酒不废,沉湎日夜㉓,举以为欢,荒淫之意也:摘此四事,异乎经典者也。

【注释】

① 尧舜之耿介:语见《离骚》。耿介,光明正大。② 禹汤之祗敬:语本《离骚》:"汤禹俨而祗敬兮。"俨,谨严。祗

敬,敬戒。③ 典诰:《尚书》中的两类文体。如《尧典》记尧舜的文,《汤诰》记汤告诫的话。④ 桀纣之猖披:语本《离骚》:"何桀纣之猖披兮,夫唯捷径以窘步。"桀纣:夏和商的末代暴君。猖披:狂妄偏邪。⑤ 羿浇之颠陨:语本《离骚》:"厥首用乎颠陨。"厥首:他们的头,指羿浇。颠陨:掉落。⑥ 蜺:同"霓",即虹。⑦ 每一顾而掩涕:语本《离骚》:"长太息(长叹)以掩涕兮,哀民生之多艰。"和《九章·哀郢》:"望长楸(梓树)而太息兮,涕淫淫(泪流不断的样子)其若霰(雪珠);过夏首(地名)而西浮兮,顾龙门(楚国都城的城门)而不见。"顾:回头看。掩涕:掩面垂涕而哭泣。⑧ 君门之九重:语本宋玉《九辨》:"君之门兮九重。"⑨《风》、《雅》:按以上四事,三件比《诗经》,一件比《尚书》,这里当兼指《诗》、《书》。⑩ 托:假借,寄托。⑪ 迂:不合事理。⑫ 丰隆求宓妃:语本《离骚》:"吾令丰隆乘云兮,求宓妃之所在。"丰隆:云神名。宓(fú)妃:洛水女神。⑬ 鸩(zhèn)鸟媒娀(sōng)女:语本《离骚》:"望瑶台之偃蹇(jiǎn)兮,见有娀之佚女,吾令鸩为媒兮,鸩告余以不好。"鸩:鸟名。娀:即有娀,古国名。相传有娀氏有二美女,一名简狄,嫁给高辛氏,生契,是商的祖先。⑭ 诡:怪异。⑮ 康回倾地:语本《天问》:"康回凭怒,地何故以东南倾?"康回,即共工。共工与颛顼战,撞倒作为天柱的不周山,因此天崩地塌。⑯ 夷羿弹(bì)日:语本《天问》:"羿焉(何)弹日?"夷羿:夷是羿的姓,尧时十日并出,羿射下九个太阳。弹:射下。⑰ 木夫九首:语本《招魂》:"一夫九首,拔木九千些。"⑱ 土伯三目:语本《招魂》:"土伯九约……参目虎首。"⑲ 谲(jué):怪异。⑳ 依彭咸之遗则:语本《离骚》:"愿依彭咸之遗则。"彭咸：殷大夫，谏君不从，投水自杀。遗则：留下的榜样。㉑从子胥以自适：语本《九章·悲回风》："从子胥而自适。"子胥：伍子胥，战国吴大夫，夫差逼他自杀，把他的尸体装进革囊，投在江里。㉒狷狭：急躁褊狭。㉓"士女杂坐"数句：语本《招魂》："士女杂坐，乱而不分些。"又："娱酒不废，沉日夜些。"废：止。沉湎：沉迷于酒。

故论其典诰则如彼①，语其夸诞则如此。固知《楚辞》者，体宪于三代②，而风杂于战国。乃《雅》、《颂》之博徒③，而词赋之英杰也④。观其骨鲠所树，肌肤所附，虽取熔经意，亦自铸伟辞。故《骚经》、《九章》⑤，朗丽以哀志；《九歌》、《九辩》⑥，绮靡以伤情；《远游》、《天问》⑦，瑰诡而慧巧⑧；《招魂》、《大招》⑨，耀艳而深华；《卜居》标放言之致⑩，《渔父》寄独往之才⑪。故能气往轹古⑫，辞来切今⑬，惊采绝艳，难与并能矣。

【注释】

①典诰：属《尚书》，这里兼指《诗经》。②宪：法，效法。三代：夏、商、周。③博徒：赌徒，微贱者。④词赋：此指汉赋。⑤《骚经》：即《离骚》，是屈原自叙生平的长篇叙事诗。王逸尊称《离骚》为经，故称"骚经"。《九章》：是屈原作的九个篇章，都有对自己抱负不能实现的哀叹。⑥《九歌》：是屈原经过加工改动而写成的作品，原是楚国民间的祭神曲。《九辩》：是宋玉作的抒情长篇，抒写哀伤

的感情。⑦《远游》：旧说屈原作，写他与仙人远游各地，最后思归。《天问》：是屈原看到庙里画的神话故事后，以提出种种疑问的方式所写成的长篇诗作。⑧瑰(guī)：奇伟。⑨《招魂》：是屈原哀悼楚怀王的作品。《大招》：旧说屈原作，内容是写他大招其魂来进行讽谏。一说《大招》是景差作。⑩《卜居》：是屈原描写自己被放逐后，到太卜家去卜问自己行动的诗作。放言：不拘的话。⑪《渔父》：是屈原借写渔父和屈原对话，以表明自心不愿随俗浮沉、同流合污的心志的作品。⑫轹(lì)：车轮辗压，喻指超过。⑬切：切断，绝。

自《九怀》以下①，遽蹑其迹②；而屈、宋逸步③，莫之能追。故其叙情怨，则郁伊而易感④；述离居，则怆怏而难怀⑤；论山水，则循声而得貌；言节候，则披文而见时。是以枚贾追风以入丽⑥，马扬沿波而得奇⑦，其衣被词人⑧，非一代也。故才高者菀其鸿裁⑨，中巧者猎其艳辞⑩，吟讽者衔其山川⑪，童蒙者拾其香草⑫。若能凭轼以倚《雅》、《颂》⑬，悬辔以驭楚篇⑭，酌奇而不失其贞⑮，玩华而不坠其实；则顾盼可以驱辞力⑯，欬唾可以穷文致⑰，亦不复乞灵于长卿⑱，假宠于子渊矣⑲。

【注释】

①《九怀》：王褒著。《楚辞》从《九怀》以下，是汉人所作。②蹑：跟踪。③逸：放逸。④郁伊：形容抑郁。⑤怆

快：形容失意悲愁。⑥ 枚贾：指西汉初期的枚乘、贾谊，都是著名的辞赋家。⑦ 马扬：指西汉司马相如、扬雄，是汉代辞赋的代表作家。⑧ 衣被：像穿衣盖被一样，比喻使人受到好处。⑨ 菀（wǎn）：通"捥（wān）"，取。鸿裁：大的体制。⑩ 猎：取。⑪ 吟讽：诵读。衔：读不离口。⑫ 蒙：知识未开。拾其香草：指诵读《楚辞》，可以记住其中草木的名称。⑬ 凭轼：靠在车前横木上致敬，此处用来形容神态严肃。⑭ 悬辔：在马辔上装辔头，指控制。⑮ 贞：正。⑯ 顾盼：一回头盼望，指时间短。⑰ 欬唾：一咳唾间，也指时间短。⑱ 长卿：司马相如的字，他是汉武帝时辞赋家之首。⑲ 子渊：王褒的字，他是汉宣帝时辞赋家之首。

赞曰：不有屈原，岂见《离骚》？惊才风逸，壮志烟高。山川无极，情理实劳。金相玉式①，艳溢锱毫②。

【注释】

① 相：外形。式：用。玉式：犹玉质。② 锱毫：微细处。六铢为锱，二十四铢为两。

【翻译】

自从《风》、《雅》的歌声停息之后，再没有谁来继承它们的传统，而奇文蔚起，就只有《离骚》了！它确已够得上说是高翔在《诗经》作者之后，奋飞在辞赋家以前，这岂非当时离开圣人时间还不久，而楚人又富有才华吗！从前汉武帝爱好《离骚》，于是淮南王作《离骚传》，认为《国风》好色而不淫，《小雅》写怨诽而不乱，像《离骚》那样，可说兼备了这两种好处。它好像蝉蛹出于污秽，又在尘土之外浮游，皎洁得染也不会染黑，即使跟日月争光也是够格的。班固认为，"屈原显露才华，表现自己，怨愤而投江自杀；所说的羿、浇和姚姓两女，同《左传》讲的不一致；昆仑悬圃，在经典中也不见记载。但它文辞丽雅，成为辞赋的宗师，虽然不算明哲，可以称为妙才"。王逸认为"《诗》的作者是扯着人的耳朵说教，屈原则比较婉转和顺。《离骚》这篇文字，根源经典立论：像说驾龙骑凤，那是本于《易经》中的'时乘六龙'；说登昆仑经流沙，便是《禹贡》里的治理水土。后代名儒的辞赋，没有不学习它的仪表，所谓金玉为质，百世之下也无人可与比拟"。到汉宣帝赞美它，认为都合于经学；扬雄吟诵它，也说体制同于《诗》的大、小《雅》。四家拿它来比经典，而班固说它不合《左传》，这些随意褒贬的评议，都言过其实，可说鉴别而不精当，品评而欠审核。

要核实他们的评论，一定要考察原作。它讲尧、舜的光明正大，说禹、汤的恭敬戒慎，是《书》的典诰的体制；讥刺桀、纣的狂妄偏邪，哀悼羿、浇的颠覆陨灭，是《诗》的规讽的旨趣；用虬龙来比君子，用云霓来比谗邪，是《诗》的比喻和托物起兴的手法；说每次回头看国都要抹泪，感叹君门有九重，不易进见，是《诗》忠而怀怨的语言：看这四点，确是和《风》、《雅》相一致。至于假托云龙，讲说怪诞，让丰隆去访求宓妃，托鸩鸟向娀女做媒，是诡异之辞；说康回撞塌大地，夷羿射下太阳，拔树人有九个头，土地神有三只眼，是谲怪之谈；要遵照彭咸的做法，以跟随子胥为快意，是狷狭之志;男女杂坐,混杂不分,认为乐事,饮酒不停,日夜沉醉,以为欢娱,是荒淫之意;以上摘出的这四个方面,又是有异于经典的。

所以讲它合于典诰就像那样,说它浮夸荒诞处就像这样。由此可知,《楚辞》在内容上效法乎三代,而文风又间杂着战国,比起《雅》、《颂》来只算博徒,在辞赋中则推英杰。看它骨鲠之所以树立,肌肤之所以加附,虽是借取熔化经意,也自行铸造伟辞。所以《离骚》、《九章》,明朗艳丽来自哀其志;《九歌》、《九辩》,绮靡美妙来自伤其情;《远游》、《天问》,瑰丽诡异而巧慧;《招魂》、《大招》,光艳照耀而深沉;《卜居》标示放言纵论的情致,《渔文》寄托特立独行的才思。所以气既能压倒古人,辞也不是后代之所能企及,文采惊人,美艳绝世,很难有人和它比美。

从《九怀》以下,都匆忙地踏着前人的脚印前进;可是屈原、宋玉放逸的步子,还没有谁能赶得上。所以他们记叙怨情,就抑郁而多愁善感;讲述离别,就悲怆而难于排遣;描绘山水,从词句就看到它的形貌;叙述节候,从文辞就看到时令。因此枚乘、贾谊追随风气以入妍丽,司马相如、扬雄沿逐波澜而臻奇伟。这使词人得到禅益,何止一代。才高的模仿他们的体制,心巧的猎取他们的艳辞,诵读的记住其中的山川,学童们识得其中的香草。假若能够严肃地凭借《雅》、《颂》,有控制地驾驭《楚辞》,择取奇伟而不失贞正,赏玩花朵而不失果实;顾盼之间可以驱文辞使见功效,欬唾之间可以穷尽文辞使极情致,也就不再要向司马相如求助、向王褒借光了。

赞道：要没有屈原，哪来《离骚》？惊人的才华像风那样纵逸，豪壮的志趣像烟那样崇高。山川没有穷尽，情理确实忧劳。外形如金，内质如玉，光艳充溢于锱毫。

明 诗 第 六

这是文体论的第一篇。先讲诗的定义:从内容说,是言志抒情;从音节说,是歌唱。先秦时代是诗乐结合的,还要求内容的正确,要"持人性情",这是用儒家思想来讲诗。再讲历代的诗歌:从传说中的诗歌讲起,讲到夏、商、周三代的诗,推重《诗经》中风、雅、颂和赋、比、兴的六义。再提到《离骚》。讲到汉诗,谈到五言诗的成立。推重汉代的五言古诗,称为五言之冠冕,是恰当的。接着推重建安五言诗,提出曹丕、曹植和建安七子中的王粲、徐干、应玚、刘桢,指出建安诗的特色是"慷慨任气"、"磊落使才"。这样结合时代和作者的特色来讲,是有特点的。对西晋诗的轻绮,贬低东晋的玄言诗,推出郭璞的《游仙诗》,刘宋初的山水诗,都是确切的。最后称四言诗雅润,五言诗清丽,并论及作家,也较恰当。总的看来,从论诗到论各代诗都比较恰当,是这篇的好处。

这篇中的不足处,像讲尧、舜的歌,当是后人拟作,不一定可信。讲商代有颂,也不确。讲枚乘作古诗,傅毅作《孤竹》,都不可信。又讲到柏梁台联句,也不可信。这些在当时还不可能看清楚。又称四言为正体,五言为流调,辞有抑扬,不够确切。但是,本篇推重汉末古诗和建安文学,推重山水诗,都是本篇的正确论点。

大舜云:"诗言志,歌永言。"①圣谟所析②,义已明矣。是以"在心为志,发言为诗"③,舒文载实,其在兹乎?诗者,持也,持人性情;三百之蔽,义归"无邪"④,持之为训,有符焉尔⑤。

【注释】

①"诗言志"二句:这是《尚书·尧典》里的话。永:长。把诗用长的音节唱出来就是歌。②圣谟:圣训。③"在心为志"二句:这是《毛诗序》里的话。④"三百之蔽"二句:语本《论语·为政》中孔子所谓"《诗》三百,一言以蔽之,曰'思无邪'"。蔽:包括。⑤焉尔:于此而已。

人禀七情①,应物斯感,感物吟诗,莫非自然。昔葛天乐辞,《玄鸟》在曲;黄帝《云门》,理不空弦②。至尧有《大唐》之歌,舜造《南风》之诗③,观其二文,辞达而已。及大禹成功,九序惟歌④;太康败德,五子咸怨⑤:顺美匡恶⑥,其来久矣。自商暨周,《雅》、《颂》圆备,四始彪炳⑦,六义环深⑧。子夏监绚素之章,子贡悟琢磨之句,故商赐二子,可与言诗⑨。自王泽殄竭⑩,风人辍采⑪;春秋观志⑫,讽诵旧章⑬,酬酢以为宾荣⑭,吐纳而成身文⑮。 逮楚国讽怨,则《离骚》为刺。 秦皇灭典⑯,亦造仙诗⑰。

【注释】

① 七情:喜、怒、哀、惧、爱、恶、欲七种感情。② 葛天:葛天氏,传说中的氏族首领。《玄鸟》是葛天氏时的歌。玄鸟即燕子。空弦:光弹弦,即有曲,无歌辞。按,《玄鸟》、《云门》都没有歌辞传下来。③《大唐》之歌:见《尚书大传》。《南风》之诗:见《孔子家语》。按,这两首歌诗都是后人拟作。④ 九序:见《原道》注。⑤ 太康:夏王名,启的儿子,传说他喜好打猎,不理国政,被羿放逐,失去王位。五子:太康的五个兄弟。⑥ 顺美:将顺其美。将顺是顺着做,指歌颂。匡:纠正。⑦ 四始:见《宗经》注。⑧ 六义:风、雅、颂是诗的三种体制,赋、比、兴是诗的三种表现手法,合称六义。⑨ "子夏监绚素之章"四句:据《论语·八佾(yì)》里记载,孔子学生子夏念了诗"素以为绚(xuàn)兮"(即白底子用来加上彩饰),想到人先要有好的本质,后学礼节。孔子赞美他能启发自己,可与谈诗。又《论语·学而》记载,孔子学生子贡从精益求精悟到诗的"如切如磋,如琢如磨"(好像骨角切开了还要搓平,玉器雕刻了还要打磨),孔子也赞美他可与谈诗。商:是子夏名。赐:是子贡名。⑩ 王泽:周王朝的恩泽,指教化。殄(tiǎn)竭:尽。⑪ 风人:古代采诗的官。⑫ 观志:春秋时外交集会,主客双方都要观察各人情意,都要念诗来表示。见《左传·襄公二十八年》。⑬ 讽诵:朗诵。⑭ 酬酢:指礼节上的应对。酬是主人劝酒,酢是客人回敬。宾荣:宾客的荣宠。⑮ 吐纳:偏义复

辞,即吐,指吐辞发言。身文:言辞是身的文采。⑯ 典:典籍,指书。⑰ 仙诗:指秦始皇三十六年(前211)使博士所作的《仙真人诗》。

汉初四言,韦孟首唱①,匡谏之义,继轨周人②。孝武爱文,柏梁列韵③。严、马之徒④,属辞无方⑤。至成帝品录,三百余篇⑥,朝章国采⑦,亦云周备;而辞人遗翰,莫见五言,所以李陵、班婕妤见疑于后代也⑧。按《召南·行露》,始肇半章⑨;孺子《沧浪》,亦有全曲⑩;《暇豫》优歌,远见春秋⑪;《邪径》童谣⑫,近在成世;阅时取证,则五言久矣。又古诗佳丽,或称枚叔⑬,其《孤竹》一篇,则傅毅之词⑭。比采而推,两汉之作乎⑮?观其结体散文⑯,直而不野,婉转附物⑰,怊怅切情⑱,实五言之冠冕也⑲。至于张衡《怨》篇,清典可味⑳;《仙诗缓歌》,雅有新声㉑。

【注释】

① 韦孟:西汉初期人,作《讽谏诗》,是讽谏楚王戊的荒淫的。② 轨:法则。③ 柏梁列韵:相传汉武帝与群臣在柏梁台上联句作诗,每句七字,句句用韵,诗见《古文苑》。顾炎武《日知录》卷二十一认为是后人拟作。④ 严、马之徒:严,严忌,本姓庄,因避汉明帝刘庄名,改姓为严。严忌有《哀时命》。马,司马相如,有《琴歌》。都是骚体诗。⑤ 属辞:缀文,写作。无方:没有一定规格。⑥ 品:评价。录:编集。三百余篇:《汉书·艺文志·诗赋略》说三百十

四篇。⑦ 国采：犹国风，指各地民歌。⑧ 遗翰：传下来的诗篇。翰，笔，指作品。《文选》载李陵《与苏武诗》三首、班婕妤《怨歌行》一首，都是五言诗。这些五言诗当为后人拟作。婕妤(jié yú)：宫中女官名。⑨ 肇(zhào)：始。半章：一章中有一半五言。如《诗·召南·行露》："谁谓雀无角(嘴)，何以穿我屋？谁谓女无家(夫家)，何以速(召)我狱？虽速我狱，室家不足(结婚的理由不充足)。"⑩ 全曲：全篇五言。《孟子·离娄上》："有孺子歌曰：'沧浪(水名)之水清兮，可以濯(洗)我缨(帽带)；沧浪之水浊兮，可以濯我足。'"刘勰认为"兮"字为语助词，不算，所以算作五言诗。⑪《暇豫》优歌：即《国语·晋语一》所记优施对里克唱的歌："暇豫之吾吾(从容悦乐的，里克反而不敢亲近)，不如乌乌(不及乌)。人家集于菀(停在茂树上)，己独集于枯(停在枯枝上)。"这歌劝里克不要站在太子申生一边，应该站在晋献公宠姬骊姬一边。这歌有三句五言。⑫《邪径》童谣：指《汉书·五行志》所载成帝时的童谣："邪径败良田，谗口乱善人。桂树华不实(花不结果)，黄爵(雀)巢其颠。昔为人所羡，今为人所怜。"⑬ 古诗：指《古诗十九首》中的《西北有高楼》等九首，《玉台新咏》以为枚乘作。枚叔：即枚乘，乘字叔，故称。⑭《孤竹》：《冉冉孤生竹》，《文选》里列入《古诗十九首》，是无名氏作。傅毅：东汉初期作家。⑮ 两汉之作：西汉、东汉的作品。一般认为《古诗十九首》不是西汉人作，应该是东汉后期的作品。因为西汉和东汉初期，还没有那样成熟的五言诗。⑯ 散：抒写。⑰ 附：贴切。⑱ 怊怅：惆怅。⑲ 冠冕：帽子。意即居首，第一。⑳ 张衡：东汉中期作家。《怨诗》是四言诗，风格典雅。

㉑《仙诗缓歌》：已不可考，一说即乐府杂曲的《前缓声歌》，但它不是仙诗。雅：很。新声：指非四言诗。

　　暨建安之初①，五言腾踊，文帝、陈思②，纵辔以骋节③，王、徐、应、刘④，望路而争驱；并怜风月⑤，狎池苑⑥，述恩荣，叙酣宴，慷慨以任气，磊落以使才⑦；造怀指事，不求纤密之巧；驱辞逐貌，唯取昭晰之能：此其所同也。及正始明道，诗杂仙心⑧，何晏之徒⑨，率多浮浅⑩。唯嵇志清峻⑪，阮旨遥深⑫，故能标焉⑬。若乃应璩《百一》⑭，独立不惧，辞谲义贞⑮，亦魏之遗直也。

【注释】

　　① 建安：汉献帝年号（196—220）。当时曹操执政，是五言诗极盛时期。② 文帝、陈思：魏文帝曹丕、陈思王曹植。③ 辔：马勒口和缰绳。节：节制。④ 王、徐、应、刘：指王粲、徐干、应玚、刘桢，他们是"建安七子"中的四人。⑤ 怜：爱。⑥ 狎：游玩。苑：养鸟兽处。⑦ 磊落：指音辞激越。⑧ 正始：魏废帝齐王芳年号（240—249）。当时清淡空气开始兴盛，推崇老庄思想。仙心：指道家思想。⑨ 何晏：正始时清谈的领袖人物。⑩ 率：大抵。⑪ 嵇志清峻：嵇康的诗旨趣高洁，文辞清新。⑫ 阮旨遥深：阮籍的《咏怀诗》，含义深隐。⑬ 标：举出。⑭ 应璩(qú)《百一》：应璩的《百一诗》。百一：百虑一失的意思。⑮ 辞谲：文辞讽谏。

晋世群才，稍入轻绮①。张、潘、左、陆②，比肩诗衢③，采缛于正始④，力柔于建安；或析文以为妙⑤，或流靡以自妍⑥：此其大略也。江左篇制⑦，溺乎玄风⑧，嗤笑徇务之志⑨，崇盛忘机之谈⑩。袁、孙已下⑪，虽各有雕采，而辞趣一揆⑫，莫与争雄；所以景纯仙篇⑬，挺拔而为俊矣。宋初文咏，体有因革，庄老告退，而山水方滋；俪采百字之偶⑭，争价一句之奇，情必极貌以写物，辞必穷力而追新，此近世之所竞也。

【注释】

① 轻绮：浮华，内容欠充实而追求文采。② 张、潘、左、陆：指张载、张协、张亢、潘岳、潘尼、左思、陆机、陆云等西晋作家。③ 衢：大路。④ 缛：繁富。⑤ 析：同"析"，析文，即讲究文字的对偶辞藻。⑥ 流靡：讲究音节的流利。⑦ 江左：江东，东晋南渡，偏安在江左。⑧ 溺：陷入。玄风：谈玄的风气。当时以《老子》《庄子》《易经》为三玄。⑨ 徇务：以身从事政务，致力于政务。⑩ 忘机：忘掉机诈。⑪ 袁、孙：袁宏、孙绰。⑫ 趣：志趣。一揆：一道，一致。⑬ 景纯：郭璞字景纯，东晋作家。⑭ 俪：对偶。百字：五言诗二十句，指全篇。

故铺观列代①，而情变之数可监；撮举同异②，而纲领之要可明矣。若夫四言正体，则雅润为本；五言流调，则清丽居宗；华实异用，唯才所安。故平子得其雅，叔夜含其润，茂先凝其清，景阳振其丽；兼善则子建、仲宣，偏美则太冲、公干③，然诗有恒裁，思无定位，随性适分，鲜能通圆。若妙识所难，其易也将至；忽之为易，其难也方来。至于三六杂言，则出自篇什④；离合之发，则萌于图谶⑤；回文所兴，则道原为始⑥；联句共韵，则柏梁余制；巨细或殊，情理同致，总归诗囿⑦，故不繁云。

【注释】

① 铺：陈列。铺观：纵观。② 撮：总括。③ 平子：即汉张衡(字平子)。叔夜：即魏末嵇康(字叔夜)。两人写四言诗，所以说雅润。茂先：指西晋张华(字茂先)。景阳：指张协(字景阳)。两人写五言诗，所以说清丽。子建、仲宣：魏曹植字子建，王粲字仲宣，两人四言五言都擅长，所以说兼善。太冲、公干：晋左思字太冲，魏刘桢字公干，两人写五言诗，所以说偏美。④ 三六杂言：三言、六言、杂言诗，它们的来源本于《诗经》。篇什：指《诗经》。《诗经》的《雅》、《颂》中，每十篇称为"什"。⑤ 离合：离合诗，拆字诗，开始见于预言的图谶里。图谶(chèn)：是古代的一种迷信的预言，后来又和纬书结合。如纬书《孝经右契》里称刘秀时说，"卯金刀"，合成"劉"(刘)字；"字禾子"，即"字季"(刘秀字季)。⑥ 回文：回文诗。其最著名的是晋窦滔妻苏蕙作的《回文璇玑图诗》。道原：未详，一说即南朝末的贺道庆。⑦ 囿：养鸟兽的园林。诗囿：诗的园地。

赞曰：民生而志，咏歌所含①。兴发皇世，风流

《二南》。神理共契②,政序相参③。英华弥缛④,万代永耽⑤。

【注释】

① 含:含有的内容。② 神理:指道。见《原道》注。③ 政序:政治秩序。④ 弥:更。⑤ 耽:喜爱。

【翻译】

大舜说:"诗是表达情志的,歌是放长它的音节的。"圣人训示分析,意义已很明白。因此,"在心里叫情志,用语言文字表达出来叫诗"。运用文辞来表达情志,诗的意义应该就在这里吧?诗是扶持端正的意思,要端正人们的性情;《诗经》三百篇用一句话来概括,可以归结到"没有邪念"上,用扶持端正来解释诗,是符合这个说法的。

人有七情,受到外物的刺激发生感应,有了感应把情志吟唱出来,是自然形成的。从前葛天氏的乐辞,有《玄鸟》歌来配乐曲;黄帝的《云门》曲,照理也不会只有乐曲而无歌辞。到尧有《大唐》歌,舜作《南风》诗,这两篇看上去已能够达意。到了大禹功德成就,对九种都有秩序的工作加以歌颂;太康道德败坏,他的兄弟五人都怨恨作歌:可见用诗来赞美好的,纠正坏的,来源是很久了。从商朝到周朝,《雅》、《颂》的体制完全具备了,四始光辉灿烂,六义周到深刻。孔门的子夏看到在白底子上加彩色的诗句有所启发,子贡想到切磋琢磨的诗句有所悟入,所以孔子赞美他们两人,说可以和他们谈诗。自从王朝的教化衰亡,风人停止采集民歌;但春秋时外交上还通过念诗来观察各人的意志，念起旧诗来，以应对得体为宾客的荣宠，以发言合宜显示自身的才华。到楚国怀怨讽谏，便用《离骚》来讥刺。秦始皇烧书，博士还作了《仙真人诗》。

汉朝初年的四言诗，韦孟是最先创作，救正谏诤的含意，继承周人的规范。汉武帝爱好文学，在柏梁台上按韵联句。严忌、司马相如这些人，作诗不拘定规。到汉成帝选录品评，共得三百多篇，朝廷篇章和地方民歌，也可说完备；可是诗人留下来的篇章中，没有见到五言诗，所以李陵、班婕妤的五言诗遭到后代人的怀疑。考《诗经》的《召南·行露》篇，开始有半章是五言；孩子唱的《沧浪歌》，已是全篇五言；优施的《暇豫歌》，早见于春秋时代；童子的《邪径》谣，稍后见于汉成帝世：从以上各个时代的诗篇来取证，可见五言诗的产生已经很久远了。又五言古诗的佳篇，有人说是枚乘所作，其中的《孤竹》篇，那是傅毅的诗。比照文采来推求，该是两汉的作品吧？看它们的风格行文，质直而不朴野，婉转体贴事物，哀怨表达性情，在五言诗中确实可称冠冕。至于张衡的《怨》诗，清丽典雅可以体味；《仙诗缓歌》，颇有新的声调。

到了建安初期，五言诗纷纷涌现出来，魏文帝、陈思王，纵马奔驰而有节制，王粲、徐干、应场、刘桢，望着前路争先跟上去；都是爱赏风月，游玩池苑，叙述恩遇和荣宠，写出酣乐的宴会，慷慨而有气势，激越而显才力；抒写情怀陈说事理，不求纤密细巧；运用文辞描写形貌，只求显著鲜明：这是他们的共同之处。到了正始时期讲究清谈，诗中混杂着道家思想；何晏这些人，大多浮泛浅薄。只有嵇康的志趣清高，阮籍的命意深远，堪称特出。至于应璩的《百一诗》，独具风格而不随风气，措辞婉讽而意义正直，也是曹魏的质直遗风。

晋代许多作家，渐渐流于轻浮绮丽。张载、张协、张亢、潘岳、潘尼、左思、陆机、陆云，在诗坛上不相上下，文采比正始作品繁富，力量比建安作品柔弱；有的讲究辞藻以为精妙，有的讲求音节以为流美；这就是当时大概的情况。东晋的创作，陷在清谈的风气里，讥笑致力政事的志趣，极力推重忘却世情的空谈。袁宏、孙绰以下，虽然各人都有些雕饰文采，可是志趣一致，没有谁能够跟他们争为雄长；所以郭璞的《游仙诗》，就以辞义挺拔而成为杰出之作。刘宋初年的诗，在风格上有继承也有革新，宣扬老庄思想的退出文坛，描写山水的日益增多；讲究全篇的对偶藻采，争取一句的奇突警策，在情景上一定刻画形貌来描写事物，在用辞上一定尽力以图新颖，这是近代之所企求的。

所以总观列代，诗的演变的趋势看得很清楚；总括列举它们的同异，纲领要点也就很明白。四言诗的正宗体制，是以雅正清润为本，五言诗的流行格调，是以清新艳丽为主；像花和果用处不同，要凭各人的才能来求适应。所以就四言诗说，张衡获得雅正，嵇康具有清润；就五言诗说，张华完成清新，张协发扬艳丽；兼有各种长处的那是曹植、王粲，只具一种长处的那是左思、刘桢。然而诗有一定体裁，情思却没有一定规矩，随着各人的性情来求适应，很少能够兼善各体。要是真正认识了它的困难，在创作中就会感到容易；如果忽视而把它看成容易，它的困难就将来临。至于三言、六言、杂言诗，它们源头是从《诗经》中来的；折字诗，是从预言里来的；回文诗，开始于道原；用一个韵来联句,是柏梁台诗传下来的体制;篇幅大小纵或不同,表达情理是一致的,这一切都属于诗的领域,所以不再多说了。

赞道:人生下来都有情志,从而表达为咏歌。兴起在三皇之世,流播为《周南》、《召南》。它和神理契合,还和政教相参。它的文采丰富,为万世之人永远爱玩。

诠赋第八

"诠赋"是解释赋的,赋从《诗经》的"赋"来,本是铺叙的意思,后来,经过《楚辞》开拓范围,发展为一种文体。用客主对话开头,尽力描绘声貌,成为一体,是从荀况的《礼赋》、《智赋》,宋玉的《风赋》、《钓赋》开头的。《礼赋》、《智赋》意在说理,《风赋》含有讽谏。汉初贾谊的《鵩鸟赋》是楚辞体的抒情赋。到了枚乘、司马相如、王褒、扬雄创为汉大赋,极力描写声貌,体制宏大,与荀况、宋玉的赋不同了。至于枚皋等人的咏物小赋,影响不大,没有传下来。汉末抒情小赋,像王粲的《登楼赋》极有名,不同于汉大赋了。

刘勰论赋,着眼在"睹物兴情",主张"义必明雅"、"辞必巧丽",注意情义和巧丽;又批评"无贵风轨,莫益劝戒"。那么像《风赋》、《鵩鸟赋》、《登楼赋》是符合这个要求的。汉大赋如司马相如《上林赋》、扬雄《甘泉赋》等繁类以成艳,是"繁华损枝,膏腴害骨",并不符合他论赋的要求。但他却总称他们为"辞赋之英杰",不免跟他论赋的要求不一致。汉末的抒情小赋,应该符合他论赋的要求,却没有论到,只提"仲宣靡密，发篇必道"，连抒情小赋也没有点出。魏曹植《洛神赋》，是宋玉《神女赋》的发展，也没提到。这些当是论赋的不足处。

　　《诗》有六义①，其二曰"赋"。"赋"者，铺也，铺采摛文，体物写志也。昔邵公称："公卿献诗，师箴瞍赋。"②传云："登高能赋，可为大夫。"③诗序则同义，传说则异体④。总其归途，实相枝干。故刘向明"不歌而颂"，班固称"古诗之流也"⑤。

【注释】

　　①《诗》有六义：《毛诗·大序》说诗有六义，即风、赋、比、兴、雅、颂。六义可分为风（民歌）、雅（周王朝的乐歌）、颂（舞歌）三体，赋（铺陈）、比（比喻）、兴（托物起兴）三种表现手法。② 邵公：即召公。召公的话见《国语·周语上》。公：王朝最高爵位。卿：大夫以上的官。师：少师，乐官名。箴：一种规谏的韵文。瞍（sǒu）：没有眸子的盲人。赋：念诗。③ 传：对经文的解释称传。这里指解释《诗·鄘风·定之方中》的《毛传》。④ 诗序：指《毛诗·大序》。传说：即"传"，指《毛传》。"诗序则同义"二句：《毛诗·大序》里讲的"赋"跟赋的本义相同，即诗的铺叙为赋；《毛传》里讲的"登高能赋"，则是指另一种文体。按，刘勰的这种理解不确。其实《毛传》里讲的"登高能赋"还是指作诗，只是后来班固《汉书·艺文志》引用这话才用来指作赋，赋才指另一种和诗不同的文体。⑤ 颂：犹朗诵。刘向的话保存在

《汉书·艺文志》里,班固的话见《两都赋序》。

至如郑庄之赋"大隧"①,士蒍之赋"狐裘"②,结言短韵③,词自己作,虽合赋体④,明而未融⑤。及灵均唱《骚》⑥,始广声貌。然则赋也者,受命于诗人,而拓宇于《楚辞》也⑦。于是荀况《礼》、《智》⑧,宋玉《风》、《钓》⑨,爰锡名号⑩,与诗画境⑪,六义附庸⑫,蔚成大国⑬。述客主以首引⑭,极声貌以穷文,斯盖别诗之原始,命赋之厥初也⑮。

【注释】

① 郑庄之赋"大隧":《左传·隐公元年》载郑庄公恨母亲帮助弟弟作乱,发誓说:"不到黄泉(指死后),不要再见面!"后来反悔,但又不好收回誓言,因此掘地到黄泉,在隧道中与母亲相见,并朗诵诗:"大隧之中,其乐也融融(状和乐)。"② 士蒍(wěi)之赋"狐裘":《左传·僖公五年》载晋士蒍看到晋献公宠信骊姬,骊姬和诸公子将发生内争,便作歌朗诵道:"狐裘龙茸(杂乱貌),一国三公,吾谁适从。"赋,指作歌。③ 短:同"短"。④ 赋体:指不歌而诵的体裁。⑤ 融:大明。明而未融:即虽是不歌而诵,但未构成赋体。⑥ 灵均:屈原字。⑦ 拓:扩充。⑧ 荀况:战国儒家大师,著有《荀子》。《荀子·赋篇》中包括《礼》、《智》等。⑨ 宋玉:稍后于屈原的辞赋家,《文选》中选他的《风赋》,《古文苑》选他的《钓赋》。《钓赋》当系后人拟作。⑩ 爰:于是。锡:赐给。⑪ 画:划。⑫ 附庸:附属于诸侯的小国。

⑬ 蔚：状繁盛。以上二句的意思是，赋本诗的六义之一，后发展成一种文体。⑭ 客主：秦汉时赋多有客主答问形式类，如《荀子·赋篇》用臣和王的对话形式，即主客对话。⑮ 命：命名。厥初：开端。厥：语助词。

秦世不文，颇有杂赋①。汉初词人，顺流而作，陆贾扣其端②，贾谊振其绪③，枚、马播其风④，王、扬骋其势⑤，皋、朔已下⑥，品物毕图⑦。繁积于宣时，校阅于成世，进御之赋，千有余首，讨其源流，信兴楚而盛汉矣。

【注释】

① 颇：稍。《汉书·艺文志》载秦时有杂赋九篇。② 陆贾：秦汉间作家，他的赋不传。扣：发声。③ 贾谊：西汉初年作家，他的赋是用《离骚》体。振：振起。④ 枚、马播其风：枚乘、司马相如创立了不同于《楚辞》的汉赋。⑤ 王、扬：王褒、扬雄。⑥ 皋、朔：枚皋、东方朔，西汉中叶作家。两人的赋不传。《汉书·艺文志》载陆贾有赋三篇，贾谊有赋七篇，枚乘有赋九篇，司马相如有赋二十九篇，王褒有赋十六篇，扬雄有赋十二篇，枚皋有赋百二十篇。另东方朔有《平乐观猎》等赋，见《汉书·东方朔传》。⑦ 品物：物类。

夫京殿苑猎①，述行序志②，并体国经野③，义尚光大④。既履端于倡序⑤，亦归余于总乱⑥。序以建言，首引情本；乱以理篇，写送文势⑦。按《那》之卒章，闵马称"乱"，故知殷人辑颂，楚人理赋⑧，斯并鸿裁之寰域⑨，雅文之枢辖也⑩。至于草区禽旅⑪，庶品杂类⑫，则触兴致情，因变取会，拟诸形容，则言务纤密；象其物宜，则理贵侧附；斯又小制之区畛⑬，奇巧之机要也。

【注释】

① 京殿：京都宫殿，如班固《两都赋》、王延寿《鲁灵光殿赋》。苑猎：苑囿打猎，如司马相如《上林赋》、扬雄《羽猎赋》。② 述行：如班彪《北征赋》。序志：如张衡《思玄赋》。这里指出汉赋中所写各种不同的题材。③ 体国经野：分国界，定田界。这里指考国都体制，观田野规划。京都宫观，属于"体国"的；苑囿打猎，属于"经野"的。④ 尚：崇尚，推重。⑤ 履端：步历（推算历法）的开端，指开端。倡序：发序，指赋头上的小序。⑥ 归余：推算历法每年积余的时日，指结尾。总乱：音乐的尾曲，指总结。⑦ 写送：指充足结尾的文势。⑧ "《那》之卒章"二句：《国语·鲁语下》引鲁国闵马父之说，称《商颂·那》篇的结尾为"乱"。又，《离骚》的结尾也称"乱"。殷人：《商颂》是殷的后代宋人所作。⑨ 鸿裁：大的体裁。寰域：指范围。⑩ 枢辖：关键。⑪ 草区：区别草木。禽旅：众禽。⑫ 庶品：众品。⑬ 小制：小赋。区畛：区域。

观夫荀结隐语，事数自环①；宋发夸谈，实始淫丽②；枚乘《菟园》，举要以会新③；相如《上林》，繁类以成艳④；贾谊《鵩鸟》，致辨于情理⑤；子渊《洞箫》，穷变于声貌⑥；孟坚《两都》，明绚以雅赡⑦；张衡《二京》，迅发以宏富⑧；子云《甘泉》，构深玮之风⑨；延寿《灵光》，合飞动之势⑩。凡此十家，并辞赋之英杰也。及仲宣靡密，发篇必遒⑪；伟长博通，时逢壮采⑫；太冲安仁，策勋于鸿规⑬；士衡子安，底绩于流制⑭；景纯绮巧，缛理有余⑮；彦伯梗概，情韵不匮⑯：亦魏晋之赋首也。

【注释】

① 荀：指荀况的赋。结：结构。如荀况《礼》赋，先由臣对礼加以描摹，不加说明，所以说"隐语"；再由王对礼加以描摹，所以是"自环"；最后点明是礼。②"宋发夸谈"二句：《文选》所载宋玉《高唐赋》、《神女赋》都是淫丽的。③"枚乘《菟园》"二句：枚乘《梁王菟园赋》重在描写景物，是汉赋的开端。④"相如《上林》"二句：司马相如《上林赋》分类描写上林苑中景物。⑤"贾谊《鵩鸟》"二句：贾谊《鵩鸟赋》想排遣祸福生死观念来自己宽解。⑥"子渊《洞箫》"二句：王褒（字子渊）《洞箫赋》描绘箫声有妙声、武声、仁声等。⑦"孟坚《两都》"二句：班固（字孟坚）《两都赋》写得明显富丽。绚（xuàn）：灿烂。⑧"张衡《二京》"二句：张衡《二京赋》议论快利。⑨"子云《甘泉》"二句：扬雄（字子云）赋甘泉宫，夸张瑰丽。玮：瑰丽。⑩"延寿《灵光》"二句：王延寿是东汉中叶作家，《鲁灵光殿赋》描写各种雕刻极为飞动。⑪"仲宣靡密"二句：王粲（字仲宣）《登楼赋》短小有

力。遒：劲。⑫ "伟长博通"二句：徐干（字伟长）《齐都赋》夸张有文采。⑬ "太冲安仁"二句：左思（字太冲）《三都赋》写魏、蜀、吴三都，潘岳（字安仁）《藉田赋》写晋武帝劝耕，都有规模。左、潘都是西晋作家。⑭ "士衡子安"二句：陆机（字士衡）《文赋》中讲到文章的各种体制，成公绥（字子安）《啸赋》描写啸声的各种变化。两人也都是西晋作家。流制：流品体制。⑮ "景纯绮巧"二句：郭璞（字景纯）是东、西晋之间的作家。他的《江赋》写江中景物，富丽而有条理。⑯ "彦伯梗概"二句：袁宏（字彦伯）是东晋中叶作家。梗概：概括地评论人物。

原夫登高之旨，盖睹物兴情。情以物兴，故义必明雅；物以情观，故词必巧丽。丽词雅义，符采相胜①，如组织之品朱紫②，画绘之著玄黄，文虽新而有质，色虽糅而有本，此立赋之大体也。然逐末之俦③，蔑弃其本，虽读千赋④，愈惑体要；遂使繁华损枝，膏腴害骨，无贵风轨，莫益劝戒，此扬子所以追悔于雕虫，贻诮于雾縠者也⑤。

【注释】

① 符采：玉的纹理。② 品朱紫：古以朱为正色，紫为间色，加以评比，有分别邪正之意。③ 逐：追求。俦：辈。④ 读千赋：《西京杂记》卷二记扬雄言称读千赋则善赋。⑤ "此扬子所以追悔于雕虫"二句：扬雄《法言·吾子》把作赋说成"童子雕虫篆刻"，又把它比作轻雾般的绉纱，是

女工的蛀虫,所以表示追悔。縠(hú):绉纱。

赞曰:赋自《诗》出,分歧异派。写物图貌,蔚似雕画。抑滞必扬①,言旷无隘。风归丽则,辞剪荑稗②。

【注释】

① 抑滞:抑后,后面抑,即欲抑先扬。② 荑稗:稗草,比喻浮而不实的文辞。

【翻译】

《诗经》有六义,第二种叫"赋"。"赋"是铺叙,是铺叙辞藻创作文辞,体察物象抒写情志。从前邵公说:"公卿献诗,乐官献箴,盲人念诗。"《诗经》的《毛传》说:"能够登高作赋,可以做大夫。"《诗序》讲赋和铺叙之说相同;《诗传》讲赋成为另一种体裁。总观赋的趋向,实是以诗为本干而其中的一枝在发展。所以刘向说明"不唱而朗诵的是赋"。班固宣称"赋是从《诗经》中发展出来的一支流派"。

至于像郑庄公的赋"大隧",士蒍的赋"狐裘",用了短韵语,由自己来作文辞,虽然合于赋的体裁,只是还未曾成熟。到屈原创作《离骚》,才开始扩大声音形貌。所以赋这种文体,是起源于诗人,到《楚辞》里开拓领域。于是荀况的《礼》、《智》二赋,宋玉的《风赋》、《钓赋》,这才加上"赋"的称号,跟诗划分开界限,从诗中六义之一的附庸,蔚然成为大国。用叙述客人和主人对话来开头,极尽声音形貌以竭力显示文采,这是跟诗分别的起点,也就是赋的开头。

秦代不崇尚文辞,稍有杂赋。汉代初年的辞赋家,顺着这种发展趋势来写作,陆贾起了头,贾谊再开拓,枚乘、司马相如扩大影响,王褒、扬雄造成声势,枚皋、东方朔以下,各种事物都用赋来描绘。到宣帝时已积累了大量的作品,成帝时加以校订审阅,送请皇帝看的有一千多篇,探源寻流,确实是兴起于楚而大盛于汉。

汉赋描写京都、宫殿、苑囿、狩猎,叙述行旅,抒写情志,都要考察国都体制并观看田野规划,用意崇尚辉煌弘大。既用序开头,又用乱结尾。序作为发端,在开头就引出作赋的缘由;乱用来收束全篇,加强结尾的气势。按《商颂·那》的最后一章,闵马父称之为"乱",可见殷人辑商颂,楚人作赋,这已进入鸿文大篇的范围,是由诗发展到赋的转折。至于分别草木,描绘禽兽,以至各种事物,则是触景生情,以抓住情景的变化,所以比拟形容,语言务求细密;描状物象,手法贵在比拟:这又进入小赋的领域,成为奇巧的关键。

试看荀况使用隐语,以反复描绘事物;宋玉发言夸大,是淫靡艳丽之始;枚乘的《菟园赋》,能举要而含新意;司马相如的《上林赋》,写众多物类以成其富艳;贾谊的《鵩鸟赋》,在情理上有所明察;王褒的《洞箫赋》,在声貌上穷极变化;班固的《两都赋》,绚烂而博雅;张衡的《二京赋》,快利而宏富;扬雄的《甘泉赋》,构成深沉瑰奇的风格;王延寿的《鲁灵光殿赋》,写出飞动的气势。所有这十家,都是辞赋中的英杰。以后王粲文辞细密,行文遒劲;徐干学识博通,常有壮采;左思、潘岳,在描写大场面上取得成功;陆机、成公绥,在讨论流品体制上获得效果;郭璞绮丽精巧,文采条理有余;袁宏概论人物,情致风韵无穷:他们也都属魏晋辞赋家的魁首。

推求登高作赋的用意,大概是看到事物兴起情思。情思因事物产生,所以命意一定明显雅正;事物用情思来观察,所以文辞一定精巧艳丽。巧丽的文辞和雅正的命意,美质和文采相称,像丝织品的分别朱紫,像绘画的显示彩色,文辞虽新而有内容,色彩虽繁而有根本,这是作赋的大体要求。然而追求形式的人,抛弃它的根本,虽然读赋千篇之多,却对赋的要义更加糊涂;让繁多的花叶损害树枝,过剩的脂肪损害骨干,对建立轨范没有用处,对规讽劝戒没有帮助,这就是扬雄所以要懊悔少时作赋不过是雕虫小技,还嘲笑像织薄纱那样妨碍女工。

赞道:赋出自《诗》,成为分枝别派。描述事物,图写形貌,文采蔚然像雕刻绘画。抑后要扬,广阔不隘。作风归于丽正,文辞剪裁荑稗。

诸子第十七

刘勰的文体论分论文叙笔,文指有韵文,笔指无韵文。《诸子》、《论说》讲无韵文。刘勰主张用文来明道,他认为诸子是"入道见志之书",说明不光儒家是明道的,诸子也是明道的,可见讲道不限于儒家一家。不过诸子讲的道,有正确的,有错乱的。诸子中的说法有采入《礼记》的,是正确的;有的像神话,是错乱的。这话不恰当。对于诸子,像《商君书》、《韩非子》里有弃孝废仁的说法,刘勰是坚决反对的;公孙龙的诡辩,他也反对。其他的诸子书,他认为从理论到文辞都有可取处。接下来也谈到汉以后的诸子书。

刘勰讲诸子有几个优点:一、从文以明道说,他以儒家之道为主,但又认为诸子是"入道见志",兼采诸子之道,见解比较通达。二、他讲诸子的学术,赞美开创一种学派,认为两汉以后,依傍儒家之说,就"体势浸弱",这是很有见地的。三、他讲诸子,既注意诸子的学说,也注意他们的风格。即注意诸子散文的成就,比萧统把诸子排斥在文外,更为合理。但所论也有不正确处,如说秦始皇烧书不烧诸子,与《史记》

所记不合。他在讲诸子的学术和文辞时,不提《庄子》,其实诸子散文中,《庄子》是杰出的,不应忽略。

诸子者,入道见志之书。太上立德,其次立言①。百姓之群居,苦纷杂而莫显;君子之处世,疾名德之不章②。唯英才特达③,则炳曜垂文,腾其姓氏,悬诸日月焉。昔风后、力牧、伊尹,咸其流也④。篇述者,盖上古遗语,而战代所记者也。至鬻熊知道,而文王咨询,余文遗事,录为《鬻子》⑤。子目肇始,莫先于兹。及伯阳识礼,而仲尼访问,爰序道德,以冠百世⑥。然则鬻惟文友,李实孔师,圣贤并世,而经子异流矣⑦。

【注释】

①"太上立德"二句:《左传·襄公二十四年》载穆叔讲三不朽:"太上有立德,其次有立功,其次有立言。"立言是第三等,这里省去了立功。太上:最上,第一等。② 疾:憎恨。章:同"彰",显扬。《论语·卫灵公》:"子曰:'君子疾没世而名不称焉。'"③ 特达:特殊,特别卓异。特,不同寻常;达,显名。④ 风后、力牧:传说中黄帝的臣子。伊尹:商汤的开国功臣。《汉书·艺文志》里有《风后》、《力牧》、《伊尹》三书。这句承上指三人都靠立言传世,又连下指三人的书是后人追记。按,三书都是后人依托,不是追记。⑤ 鬻(yù)熊:周文王时人。《汉书·艺文志》有《鬻子》。

《风后》等书不称"子",《鬻子》是第一部称"子"的书。⑥"及伯阳识礼"四句:《史记·老庄申韩列传》说老子姓李名耳,字伯阳。孔子向他问礼。他著书讲道德。⑦"圣贤并世"二句:相传文王演《周易》,孔子删《诗》、《书》,作《春秋》。文王、孔子都是所谓圣人,他们这些著作都成为"经";而鬻熊、李耳都是贤人,他们的《鬻子》、《道德经》成为"子"。

逮及七国力政,俊乂蜂起①。孟轲膺儒以磬折②,庄周述道以翱翔③,墨翟执俭确之教④,尹文课名实之符⑤,野老治国于地利⑥,驺子养政于天文⑦,申、商刀锯以制理⑧,鬼谷唇吻以策勋⑨,尸佼兼总于杂术⑩,青史曲缀以街谈⑪。承流而枝附者⑫,不可胜算,并飞辩以驰术,餍禄而余荣矣⑬。

【注释】

① 俊乂(yì):俊杰。② 孟轲:儒家大师孟子。膺:胸,藏在胸中。膺儒:信服儒家。磬折:身体像磬般弯着鞠躬,表示崇敬。③ 庄周:道家的大师庄子。翱翔:鸟的飞翔。庄子追求逍遥自在的生活,是空想。④ 墨翟(dí):墨家的首创者。俭确:刻苦生活。⑤ 尹文:战国时的名家,主张名实相符。课:核对。⑥ 野老:农民。《汉书·艺文志》有《野老》,属农家。⑦ 驺(zōu)子:阴阳家驺衍,通过讲自然界的阴阳变化来讲政治。⑧ 申、商:申不害、商鞅,是法家。刀锯:刑具。制理:制定治理的法令,指用严刑峻法。⑨ 鬼

谷:鬼谷子,是纵横家。相传是苏秦、张仪的老师,他们两人是靠口舌游说获取功名的。策勋:记录功勋。⑩ 尸佼:杂家。杂家兼采儒、墨、名、法各家学说。⑪ 青史:小说家青史子。曲缀:琐细联缀。《汉书·艺文志》有《青史子》。⑫ 枝附:像枝附在干上。⑬ 餍:满足。

暨于暴秦烈火,势炎昆冈①,而烟燎之毒②,不及诸子。逮汉成留思,子政雠校③,于是《七略》芬菲④,九流鳞萃⑤;杀青所编⑥,百有八十余家矣。迄至魏晋,作者间出⑦,谰言兼存⑧,琐语必录⑨,类聚而求,亦充箱照轸矣⑩。

【注释】

① 炎:烧。昆冈:昆仑山,产玉。《伪古文尚书·胤征》说:"火炎昆冈,玉石俱焚。"② 燎:延烧。《论衡·书解》:"秦虽无道,不燔诸子。"但《史记·秦始皇本纪》说百家语(诸子)也都被烧掉。③"汉成留思"二句:汉成帝派陈农到各地搜求书籍,派刘向校订。子政:刘向的字。雠校:校正文字。④《七略》:刘向、刘歆父子编定的图书分类目录,分七编,《辑略》是总论,《六艺略》记经书,《诸子略》、《诗赋略》、《兵书略》、《术数略》、《方技略》记录其他的书。芬菲:花草茂盛。⑤ 九流:指儒家、道家、阴阳家、法家、名家、墨家、纵横家、杂家、农家。萃:聚集。⑥ 杀青:用火烘竹片,去掉水分,再在上面写字。青:竹简。这里指写定。⑦ 间出:间或出现,即不时涌现。⑧ 谰言:虚诬的话。

⑨琐:琐碎。⑩箱:车箱。轸:车后横木。箱、轸都指车。充箱:满车。照轸:光彩照耀车子。

  然繁辞虽积,而本体易总,述道言治,枝条《五经》。其纯粹者入矩,踳驳者出规①。《礼记·月令》,取乎吕氏之纪;三年问丧,写乎《荀子》之书:此纯粹之类也。若乃汤之问棘,云蚊睫有雷霆之声②;惠施对梁王,云蜗角有伏尸之战③;《列子》有移山跨海之谈④,《淮南》有倾天折地之说⑤:此踳驳之类也。是以世疾诸子,混洞虚诞⑥。按《归藏》之经,大明迂怪,乃称羿毙十日,嫦娥奔月⑦。殷《易》如兹,况诸子乎?

【注释】

  ①踳(chuǎn)驳:错乱。②棘:即夏棘,一称夏革,汤时的贤人。"汤之问棘",事见《列子·汤问》。篇中记载,夏革回答殷汤的询问时说,上古时有一种小虫焦螟,成群地飞到蚊子的眼睫毛上汇聚在一起,它们发出的声音连耳朵最灵的师旷也听不到。但是黄帝学道以后,却能听到它发出的声音像雷响一样。③"惠施对梁王"二句:事见《庄子·则阳》。篇中记载,惠施曾推荐戴晋人去对梁王说,蜗牛的左角有触氏国,右角有蛮氏国,它们为了争夺蜗牛角那样小的领土发动战争,结果双方付出了"伏尸数万"的惨重代价。据此记载,可知这里的"惠施对梁王",应该是"(戴)晋人对梁王"。④《列子》有移山跨海之谈:《列子·

汤问》里讲到愚公移山的神话,说北山愚公面山而居,出入迂回。聚室而谋,毕力平险。感动天帝,天帝命神把山移走。《汤问》里又称龙伯国是大人国,这里的人都极高大。在渤海东有五山,龙伯国人可以从一个山跨到另一个山上。因山在海里,故称跨海。⑤《淮南》有倾天折地之说:指《淮南子·天文训》中所载共工怒触不周山而使天柱倾折、地维(系住地的绳子)绝裂的故事。⑥混洞:混沌不分。⑦《归藏》:殷、周时代的《易》。严可均《全上古三代秦汉三国六朝文》辑得《归藏》佚文:"昔者羿善射,弹(射)十日。"又:"昔常娥以西王母不死之药服之,遂奔为月精。"

至如商韩,六虱五蠹①,弃孝废仁,辕药之祸②,非虚至也。公孙之白马孤犊③,辞巧理拙;魏牟比之鸮鸟④,非妄贬也。昔东平求诸子《史记》,而汉朝不与⑤;盖以《史记》多兵谋,而诸子杂诡术也。然洽闻之士⑥,宜撮纲要,览华而食实,弃邪而采正。极睇参差⑦,亦学家之壮观也。

【注释】

① 六虱:《商君书·去强》里以农的岁荒、食多,商的美、好(奇技淫巧),官的志、行(讲治行乱法)为六虱。又《靳令》称六虱为礼乐、诗书、修善、孝悌、诚信、贞廉、仁义、非兵、羞战。共九事,可能并成六虱。《韩非子·五蠹》中的五蠹指学者(疑法)、言谈者(政客)、带剑者(犯法)、患御者(近臣、行私)、商工(搞私利)。这里的学者包括儒家的

讲仁孝在内。② 轘(huàn)：用几辆车子把人分裂的酷刑。药：毒死。③ 公孙：公孙龙。白马：公孙龙说"白马非马"，利用白马这个概念和马这个概念不完全相同，因而说白马不是马。其实马这个概念里就包括白马在内。孤犊：没有母的小牛。它的概念和有母相矛盾，因而说孤犊未尝有母。其实，孤犊虽然没有母，但它是从犊变成孤犊的，当它没有成为孤犊时，它是有母的。公孙龙就是这样玩弄概念来进行诡辨。④ 魏牟比之鸮鸟：《庄子·秋水》篇里说公子牟（魏牟）拿井蛙来比公孙龙，因此这里的鸮鸟当作井蛙。⑤ "东平求诸子《史记》"二句：《汉书·宣元六王传》记东平王刘宇向汉成帝求诸子及《史记》，成帝问王凤，王凤主张不给。⑥ 洽闻：广博的见闻。⑦ 睇：注视。

研夫孟、荀所述，理懿而辞雅①；管、晏属篇，事核而言练②；列御寇之书，气伟而采奇③；邹子之说④，心奢而辞壮；墨翟、随巢⑤，意显而语质；尸佼、尉缭⑥，术通而文钝；鹖冠绵绵⑦，亟发深言⑧；鬼谷眇眇⑨，每环奥义；情辨以泽⑩，文子擅其能⑪；辞约而精，尹文得其要；慎到析密理之巧⑫，韩非著博喻之富⑬；吕氏鉴远而体周⑭，淮南泛采而文丽⑮：斯则得百氏之华采，而辞气之大略也。

【注释】

① 懿：美。② 核：核实。③ 列御寇之书：即《列子》。因多载神话寓言，极奇诡，故称"气伟采奇"。④ 邹子：即驺

衍。⑤ 随巢：《随巢子》，墨家。⑥ 尉缭：《尉缭子》，杂家。⑦ 鹖（hé）冠：《鹖冠子》，道家。绵绵：长远。⑧ 亟（qì）：屡次。⑨ 眇眇（miǎo）：深远。⑩ 辨：明辩。泽：光泽。⑪ 文子：道家。⑫ 慎到：《慎子》，法家。⑬ 韩非著博喻之富：《韩非子》的《说林》里多用寓言故事。⑭ 吕氏鉴远而体周：《吕氏春秋》是杂家，包括各派理论，所以说"体周"。⑮ 淮南泛采：《淮南子》属于杂家，所以说是"泛采"。

若夫陆贾《新语》①，贾谊《新书》②，扬雄《法言》③，刘向《说苑》④，王符《潜夫》⑤，崔寔《政论》⑥，仲长《昌言》⑦，杜夷《幽求》⑧，或叙经典，或明政术，虽标"论"名，归乎诸子。何者？博明万事为子，适辨一理为论，彼皆蔓延杂说，故入诸子之流。

【注释】

① 陆贾：汉初外交家。《新语》：讲仁义、修身、用人等。② 贾谊：汉文帝时政论家。《新书》：论政治。③《法言》：仿《论语》而作，讲法度之言。④《说苑》：讲各种可为法戒的故事。⑤ 王符：东汉人，与马融同时，隐居著书，以讥当世得失，称《潜夫论》，不欲显名。⑥ 崔寔：东汉桓帝时人。《政论》：论当时政治。⑦ 仲长：仲长统，东汉末人，与荀彧同时。《昌言》：论古今及时俗行事。⑧ 杜夷：东晋元帝时人。《幽求》：由儒家进入道家的学说。

夫自六国以前，去圣未远，故能越世高谈，自开户牖①；两汉以后，体势浸弱②，虽明乎坦途③，而类多依采：此远近之渐变也。嗟夫！身与时舛④，志共道申。标心于万古之上，而送怀于千载之下，金石靡矣⑤，声其销乎！

【注释】

① 牖：窗。② 浸：渐。③ 坦途：指儒家学说。④ 舛：不合。⑤ 靡：磨灭。

赞曰：丈夫处世，怀宝挺秀；辨雕万物，智周宇宙。立德何隐，含道必授。条流殊述，若有区囿。

【翻译】

诸子，是对道有所认识而又表现自己志趣的书。最上一等的人是在德行上有成就，次一等的要著书立说。百姓群居，苦于纷杂难于显露；君子处世，只怕名德不能彰著。只有英才杰出之士，才能声光照耀，文章传世，姓名流传，像日月高悬。从前的风后、力牧、伊尹，都是这样一流人物。他们的篇章著作，大概是上古传下来的话，经战国时人记述的。到鬻熊懂道，周文王向他请教，传下来的文辞事迹，经人记录，成为《鬻子》。子的名称由此开始，没有比这更早的了。到老子懂礼，孔子向他访问，于是他叙述《道德经》，成为百家的冠冕。鬻熊是周文王的朋友，李耳是孔子的老师，圣人和贤人同时，他们的著作却分成了经和子。

到战国七雄,凭借武力征伐,杰出人才纷纷涌现。孟子信奉儒家学说,对之极为尊崇,庄子阐述道家学说,想象逍遥世外,墨子推行勤俭刻苦的教导,尹文考核名称和实际之是否符合,农家主张开发地利来治国,驺子通过天文来谈政治,申子、商子主张用严刑峻法来制订政令,鬼谷子主张用口舌辩论来建立功勋,尸子杂采各家学说,青史琐缀街谈巷语。继承这些流派的像分枝依附树干似的,多得无法算清,都是飞扬论辩、纵横驰骋地发挥各自的学术,取得厚禄而享受殊荣。

到了暴虐的秦始皇烧书,火炎昆冈,但毒焰所至,却没有波及诸子。到了汉成帝留意古书,由刘向整理校对,于是《七略》收录的书籍像花草芬菲,九流的著作像游鱼密集;写定的品种,有一百八十多家。到了魏晋,还常出现作者,连虚假的话也被保存,琐碎的话也都记录,分类聚集起来,也要充满车厢,照耀车轸。

虽然著作积累得很多,但主要情况还是容易掌握;它们阐述道理,议论政治,都是《五经》的旁枝。其中纯正的合乎规矩,错乱的违反法度。《礼记·月令》,是从《吕氏春秋·十二月纪》里摘取的;《礼记·三年问》,是从《荀子·礼论》里抄来的:这属于纯正的一类。至于所谓商汤问棘,棘说蚊子的眼睫毛上有小虫在飞,发出雷霆般的声音;惠施回答梁王,说蜗牛的两个触角上有两国进行伏尸几万的大战;《列子·汤问》里有移山跨海的奇谈;《淮南子·天文训》有倾天折地的说法:这就是属于错乱之类。因此世人批评诸子书,说好坏混杂而多虚假。《归藏》里也大讲虚夸奇怪的事情,说后羿射下十个太阳,嫦娥奔入月亮。殷代的《易》尚且如此，何况后来的诸子书。

至于说商鞅、韩非，讲什么六虱、五蠹，抛开孝、废弃仁，被车裂、毒死，就不冤枉了。公孙龙说白马不是马，孤犊不曾有过母亲，话说得巧妙，可在道理上讲不通，魏牟把它比作猫头鹰的叫，也不算是乱贬斥。从前汉代的东平王向朝廷要诸子书和《史记》，朝廷不肯给，就因为《史记》里多讲到用兵的谋略，诸子书里有许多不正当的做法。但是知识丰富的人，也可以抓住它的纲领，观赏它的花朵而咀嚼它的果实，抛弃它的邪说而采用它的正论。注意到其中参差不一致之处，那也可说是学术界的壮观。

试研究《孟子》《荀子》的论述，是言理精粹，且文辞雅正；《管子》《晏子》的著作，是议事切实而用语简练；《列子》之书，气势壮盛而文采奇丽；《邹子》之说，内容夸大而辞气壮盛；《墨子》《随巢子》，意思显豁而语言质朴；《尸子》《尉缭子》，道本通达而文辞钝拙；《鹖冠子》深远，常有透彻的话；《鬼谷子》玄妙，常有奥秘之说；内容明辨而有光彩，是《文子》之所擅长；语言简练而能精当，是《尹文子》之所独到；《慎子》巧于分析精密的理论，《韩非子》富于丰富的比喻；《吕氏春秋》见识深远而文体周备，《淮南子》采撷广博而文辞华丽：以上就是诸子百家的精要，语言风格的大概。

至于陆贾的《新语》、贾谊的《新书》、扬雄的《法言》、刘向的《说苑》、王符的《潜夫论》、崔寔的《政论》、仲长统的《昌言》、杜夷的《幽求》，有的阐述经典，有的昌明政术，虽然以"论"标著，也应归属诸子。为什么呢？因为所说明广及各种事物叫子，只辨明一种道理的叫论，他们都牵连杂说,所以归入诸子里去。

在战国以前,离开圣人不远,所以能够超越当世的放言高论,各自开辟门户;两汉以后,体势渐渐疲弱,虽然认识到儒家是条平坦大路,可大都依傍采择;这是由远到近的演变。唉!自身虽和当世不合,志愿言论却能在著作中得到申说。立论高出于万古以上,怀抱寄托在千载以后,金石也会磨灭,可他们的声音岂能消失。

赞道:大丈夫处世,珍宝内藏才华外显;辨析广及外物,学识遍周宇宙。有德行不会无人知道,有学识一定向人传授。构成各种流派,作出不同的论说,如同各有区划领域。

论说第十八

刘勰把"论说"分开来讲,"论"是发挥理论,"说"是劝诱,说得动听,能打动人,从战国策士的游说来。刘勰讲"论",提出要"辨正然否",即对议论的问题,需要作彻底探索,达到理论的高度,作出结论。在理论上没有一点破漏。反对依靠权势,违反理论来要求通过。他讲"说",主张"时利而义贞",除非谲敌,要讲忠信。这些论点都是正确的。

刘勰讲"论说"有几点好处:一、他的眼界比较宽广,看到论体有论政的,有论学的,有论史的,有论文的,不局限在一隅。二、他主张"弥纶群言,而研精一理",对所论的问题,要搜集各方面的意见,加以精研,提到理论高度,不用片面的专断的立论。三、他讲立论,主张"师心独见,锋颖精密",有创见,有锋芒,又是精密的,不同于人云亦云。因此在理论上只求合理,不主一家。像他推重的文,有儒家的,有道家的,并有佛家的即是。四、他讲"说",更突出的是敢于批君主的逆鳞,还能"功成计合",这就更难了。后来的"顺风以托势",看风向说话,便不行了。

本文中的不足处:一、受到宗经的局限,称

《白虎通德论》为"论家之正体"。事实上,《白虎通德论》是各个问题的说明而不是议论。二、推佛家的般若为最高理论,不免推崇唯心而贬低唯物。

圣哲彝训曰经①,述经叙理曰论。论者,伦也②;伦理无爽③,则圣意不坠。昔仲尼微言,门人追记,故抑其经目④,称为《论语》。盖群论立名,始于兹矣。自《论语》以前,经无"论"字,《六韬》二论⑤,后人追题乎?

详观论体,条流多品:陈政,则与议说合契⑥;释经,则与传注参体⑦;辨史,则与赞评齐行⑧;诠文⑨,则与叙引共纪⑩。故议者宜言,说者说语⑪,传者转师,注者主解,赞者明意,评者平理,序者次事,引者胤辞⑫:八名区分,一揆宗论⑬。论也者,弥纶群言,而研精一理者也。

【注释】

① 彝:常,经久不变的意思。② 伦:有条理、有秩序的意思。③ 爽:差错。④ 抑:表谦虚。经目:经的名称。⑤《六韬》二论:见《后汉书·何进传》注引。今本《六韬》里没有《文论》、《武论》的篇名。⑥ 契:合。⑦ 传:解释经典的叫传。⑧ 赞评:纪传体史书在本纪、列传和志的后面,习惯写上一段评论,在《汉书》里叫"赞",在《三国志》里叫"评"。⑨ 诠:论述的意思。⑩ 引:引言或前言。纪:犹类。⑪ 说语:即悦语,话说得动听。⑫ 胤:子孙继承的意思,这

里指引申原作的意思。⑬ 揆：道。一揆，犹一律。

　　是以庄周《齐物》，以论为名；不韦《春秋》，六论昭列；至石渠论艺①，白虎通讲②；述圣通经，论家之正体也。 及班彪《王命》③，严尤《三将》④，敷述昭情，善入史体。 魏之初霸，术兼名法⑤；傅嘏王粲，校练名理⑥。 迄至正始，务欲守文；何晏之徒，始盛玄论⑦。 于是聃周当路⑧，与尼父争途矣。 详观兰石之《才性》⑨，仲宣之《去伐》⑩，叔夜之"辨声"⑪，太初之《本无》⑫，辅嗣之《两例》⑬，平叔之二论⑭：并师心独见，锋颖精密，盖论之英也。 至如李康《运命》，同《论衡》而过之⑮；陆机《辨亡》，效《过秦》而不及⑯，然亦其美矣。

【注释】

　　① 石渠：石渠阁，在汉未央宫北。《汉书·宣帝纪》："甘露三年（前51），诏诸儒讲《五经》同异（在石渠阁）……上亲称制临决焉。"由汉宣帝决定是非。② 白虎通讲：《后汉书·章帝纪》："建初四年（79）……下太常（掌宗庙礼仪）将率大夫、博士、议郎、郎官及诸生、诸儒会白虎观（在汉宫中），讲论《五经》同异。……帝亲称制临决，如孝宣甘露石渠故事，作《白虎议奏》（即《白虎通》）。"③《王命》：后汉初的班彪著《王命论》，引证刘邦历史，说他得到天命。④《三将》：王莽将严尤作《三将论》，引证乐毅、白起等历史，反对王莽穷兵黩武。⑤ "魏之初霸"二句：曹操执掌政权，讲究

名法,即讲究循名责实,要求名和实一致,讲究法治。⑥ 名理:即名法,理是法的意思。⑦ "迄至正始"四句:参见《明诗》注。魏文帝、魏明帝的统治不像曹操那样讲究名法,逐渐趋向浮华,崇尚文采。到齐王曹芳的正始时代,继承了这种浮华的风气,何晏等人开始清谈。清谈主要是谈论道家的理论,称玄论。⑧ 聃(dān):老聃,指老子。周:庄周。⑨ 兰石:傅嘏的字。《才性》:论人的才性。⑩ 仲宣:王粲的字。《去伐》:除去骄傲。伐即矜伐,骄傲。⑪ 叔夜:嵇康的字。著有《声无哀乐论》,故云"辨声"。⑫ 太初:夏侯玄的字。《本无》:《本无论》,讲道家思想。⑬ 辅嗣:王弼的字。《两例》:疑当作"略例",指《易略例》。⑭ 平叔:何晏的字。二论:疑即《道德论》。⑮ 李康:魏明帝时人。著《运命论》,讲时代的治乱、人的穷达都是命运决定的。与汉代王充的《逢遇》、《累害》里宣传命定论是一致的。但李康的文章写得胜过王充。⑯《辨亡》:即晋代陆机所著《辨亡论》,讲吴国所以灭亡的理由,不如汉代贾谊的《过秦论》。

　　次及宋岱、郭象,锐思于几神之区①;夷甫、裴𬱟,交辨于有无之域②:并独步当时,流声后代。然滞有者,全系于形用;贵无者,专守于寂寥:徒锐偏解,莫诣正理③。动极神源④,其般若之绝境乎⑤? 逮江左群谈⑥,惟玄是务⑦;虽有日新,而多抽前绪矣。至如张衡《讥世》,韵似俳说⑧;孔融《孝廉》,但谈嘲戏;曹植《辨道》,体同书抄;言不持正,论如其已⑨。

【注释】

①几：吉凶之先见者，指预兆。②夷甫：王衍字，他认为最初是无，从无中生出阴阳，化生万物，所以要看重虚无。裴頠著《崇有论》，认为万物是从有产生的，要是清静无为，什么也做不成。③诣：到达。④动：动辄。极：到顶点。神源：神理的源头，最高理论。⑤般若（bō rě）：佛家称智慧为般若，这里指佛法。按，佛教分有门、空门、亦有亦空门，认为有也是空，空也是有，破除了有和空的矛盾。刘勰认为贵无崇有，各执一偏，不如佛说的高妙。其实佛说是唯心的，崇有是朴素唯物论。⑥江左：指东晋，东晋偏安江东。⑦玄：即清谈，谈《老子》、《庄子》、《周易》三书中的道理，主要是讲道家的无为，主张一切听其自然。⑧韵：当指风格。俳（pái）：指杂戏。⑨已：停止。

原夫论之为体，所以辨正然否；穷于有数①，究于无形②；钻坚求通，钩深取极；乃百虑之筌蹄③，万事之权衡也④。故其义贵圆通，辞忌枝碎，必使心与理合，弥缝莫见其隙；辞共心密，敌人不知所乘：斯其要也。是以论如析薪，贵能破理。斤利者，越理而横断；辞辨者，反义而取通；览文虽巧，而检迹知妄。唯君子能通天下之志，安可以曲论哉！

若夫注释为词，解散论体，杂文虽异⑤，总会是同⑥。若秦延君之注《尧典》，十余万字⑦；朱普之解《尚书》，三十万言⑧；所以通人恶烦，羞学章句⑨。若毛公之训《诗》⑩，安国之传《书》⑪，郑君之释

《礼》⑫,《王弼》之解《易》,要约明畅,可为式矣⑬。

【注释】

① 穷:探索到头。数:技术,方法。有数与无形相对,指具体现象。② 无形:指抽象道理。③ 筌(quán):捕鱼具。蹄:捕兔具。筌蹄即用来取得鱼兔的工具,这里指用来取得理论的手段。④ 权衡:即古代的秤锤和秤,用来称轻重的。⑤ 杂文:注释有解释字义的、有串讲的、有考证的、有阐发的,体例不一,所以称杂文。⑥ 总会是同:论文里也有解释、考证、阐发,所以会合起来看同于论文。⑦ 秦延君:名恭,前汉儒生。《尧典》:《尚书》中的第一篇。⑧ 朱普:后汉儒生。《后汉书·桓郁传》说朱普讲《尚书》四十万字。⑨ 通人:如扬雄、班固等,都看不起繁琐的注释。章句:分章分句解释。⑩ 毛公:郑玄《诗谱》称"鲁人大毛公",不记他的名字,三国吴人陆玑说他叫毛亨。⑪ 安国:孔安国,前汉儒者。刘勰看到的,只是东晋梅赜献上的《伪古文尚书》和伪孔安国传。⑫ 郑君:后汉末大儒郑玄。⑬ 式:法式。

说者,悦也①。兑为口舌②,故言资悦怿③;过悦必伪,故舜惊谗说④。说之善者,伊尹以论味隆殷⑤,太公以辨钓兴周⑥,及烛武行而纾郑⑦,端木出而存鲁⑧:亦其美也。

【注释】

① "说者"二句：古代"说"有"悦"义，如《诗·小雅·都人士》："我心不说。"说即悦。悦有使人获得了悟的喜悦之意。② 口舌：指说辞。③ 怿(yì)：喜悦。④ 舜惊谗说：事见《书·尧典》。据《尧典》所载，舜对臣下说："我恨邪说伤害善行，惊动我众。"⑤ "伊尹"句：伊尹的话见《吕氏春秋·本味》。据载，伊尹以美味谏说汤，由美味引出大道来，帮助汤使殷商兴盛。⑥ "太公"句：姜太公的话见《六韬·文师》。主要内容是，太公用以不同的饵来钓不同的鱼的道理，说明用禄取人也是如此，得人就可以得天下。文王便任用太公，周于是兴盛。⑦ 烛武行而纾郑：《左传·僖公三十年》记载，晋秦围郑，郑伯派烛之武去劝说秦伯。烛之武用"灭郑无益于秦"的道理说服秦伯，从而消除了郑被灭国的危险。⑧ 端木出而存鲁：《史记·仲尼弟子列传》记载，孔子学生端木赐(子贡)在齐国伐鲁的时候，受孔子派遣，分别去游说齐国和吴国，终于使吴国派兵救鲁，大破齐军，鲁因此而免于灭亡。按，"伊尹"以下四事，只有烛之武的话是可信的，别的恐怕都是寓言。

暨战国争雄，辨士云踊；从横参谋①，长短角势②；转丸骋其巧辞，飞钳伏其精术③。一人之辨，重于九鼎之宝；三寸之舌，强于百万之师④。六印磊落以佩⑤，五都隐赈而封⑥。至汉定秦楚，辨士弭节⑦，郦君既毙于齐镬⑧，蒯子几入乎汉鼎⑨。虽复陆贾籍甚⑩，张释傅会⑪，杜钦文辨⑫，楼护唇舌⑬，颉颃万乘之阶⑭，抵戏公卿之席⑮；并顺风以托势，莫能逆波而溯洄矣⑯。

【注释】

① 从：合纵，南北为纵，主张联合南北六国来抗秦。横：连衡，东西为衡，主张东方的六国向西奉事秦国。② 角：较量。③ "转丸骋其巧辞"二句：《鬼谷子》有《转丸篇》，已散失；又有《飞钳篇》，讲怎样抓住人心，使对方听从自己的指挥。④ "一人之辨"四句：平原君赵胜去和楚国结盟，楚王狐疑不决，毛遂上去一说，盟约就订定了。赵胜因此称赞毛遂"使赵重于九鼎大吕"，"毛先生以三寸之舌，强于百万之师"。事见《史记·平原君列传》。⑤ 六印：指苏秦"佩六国相印"事。磊落：指（相印）众多。⑥ 隐赈：同"殷赈"，富裕。此用张仪受秦惠封赐五邑事。⑦ 弭：停止。节：使人所拿的信物。弭节：停止前进，指不得势。⑧ 郦君：郦食其(lì yì jī)，刘邦部下的辩士。刘邦派他去劝齐王归顺了汉。汉将韩信不顾齐王已经归顺，进兵袭击齐国，齐王以为郦食其欺骗出卖齐国，就把他烹死了。⑨ 蒯(kuǎi)子：蒯通。他曾劝韩信造反，韩信不听。刘邦因此捉住蒯通，要把他烹死，但他靠自己的辩解终于使刘邦赦免了他。⑩ 陆贾：西汉时人，曾劝陈平（相）和周勃（将）合作来防止吕家夺取政权，因此在当时很有名。籍甚：极著名。⑪ 张释：即汉文帝臣张释之。汉文帝要他就当时可行的情事发言，他就把秦汉间的事向文帝讲述，受到文帝的称赞。傅会：附合，即把秦汉间事和当前情事结合起来发言。⑫ 杜钦：汉朝贵族王凤手下谋士，给王凤献计，善论辩。⑬ 楼护：汉朝贵族家里的贵客，他很会说话。⑭ 颉颃

(xié háng)：犹上下。万乘：万辆兵车。指大国，这里指天子。乘：兵车。⑮抵戏：戏弄，谈笑。⑯溯洄：逆流而上。

夫说贵抚会①，弛张相随，不专缓颊②，亦在刀笔③。范雎之言事④，李斯之止逐客⑤，并顺情入机，动言中务，虽批逆鳞⑥，而功成计合，此上书之善说也。至于邹阳之说吴梁⑦，喻巧而理至，故虽危而无咎矣。敬通之说鲍、邓，事缓而文繁，所以历骋而罕遇也⑧。

【注释】

①抚会：顺合，配合。抚：循，顺。②缓颊：慢慢说，这里指用口说。③刀笔：古代写字在竹简上，用刀削去误字。这里指文字。④范雎之言事：范雎上书秦昭王，请求接见。当时太后弟穰侯专政，昭王想收回政权，范雎看到这点，用话打动他，话说得投机。⑤李斯之止逐客：秦王(即后来的秦始皇)要赶走客卿，李斯上书劝谏，指出他这样做对秦国不利。李斯的话其实正合秦王的心意，所以就被采纳了。⑥逆鳞：相传龙喉下有逆鳞，碰了它就一定要被杀，比喻触犯人主的要被杀。见《韩非子·说难》。按，范雎反对太后弟穰侯，李斯反对秦王逐客，所以说"批逆鳞"。⑦邹阳之说吴梁：指邹阳劝谏吴王和上书梁王事。邹阳看到吴王刘濞要造反，写封非常含蓄的信去劝阻，吴王不听。邹阳到梁国，被人陷害，梁孝王将他关在狱里。他写信给梁孝王替自己辩解，于是梁孝王就释放了他。⑧敬通：冯衍字。鲍、邓：鲍永、邓禹。《后汉书·冯衍传》载，东汉初刘玄称

帝,派鲍永去平定北方。冯衍劝鲍永任用贤能,训练军队。鲍永便用冯衍做立汉将军。刘玄死后,刘秀做了皇帝,冯衍听说刘玄没有死,就反抗刘秀,刘秀因此恨他。后来冯衍证实刘玄死了,便向刘秀投降。历聘而罕遇:指冯衍一生的际遇。他开始投靠廉丹,劝其反对王莽。丹死后,又从鲍永。投降刘秀后,又接受刘秀手下大臣邓禹的聘请,向邓禹陈政言事,但刘秀再不肯用他,他因此一生不得志。按,冯衍的不得志不是由于"事缓而文繁"(文章写得不好),而是由于得罪了刘秀。这里说得不确切。

凡说之枢要①,必使时利而义贞②,进有契于成务,退无阻于荣身。自非谲敌,则唯忠与信,披肝胆以献主,飞文敏以济辞,此说之本也。而陆氏直称"说炜晔以谲诳"③,何哉?

【注释】

① 枢要:关键。② 贞:正。③ 陆氏直称"说炜晔以谲诳":见陆机《文赋》。炜晔(wěi yè):光彩照耀。陆机的话是就战国策士的游说之辞说的。当时的游说为了要达到目的,哄骗、欺诈及恐吓各种手段都用过,这些究竟不是正派的说辞,所以这里称其"谲诳"。

赞曰:理形于言,叙理成论。词深人天,致远方寸①。阴阳莫忒②，鬼神靡遁③。说尔飞钳，呼吸沮劝。

【注释】

① 方寸：心。② 忒(tè)：差误。③ 靡：无。

【翻译】

圣人讲的经久不变的教训叫做"经"，阐发经而说明道理的叫做"论"。论是有条理的意思；讲得有条理而没有差错，圣人的原意就不会丧失。从前孔子说的精妙的话，是他的学生在事后追记下来的，所以谦虚地不敢称之为"经"，而叫做《论语》。许多文章之称为"论"，该由此开端。在《论语》以前，经书里没有用"论"作篇名的。相传《六韬》里的"二论"，想是后来的人追题的吧。

仔细地审查论的体裁，还有各种门类：论政的，便同议和说一致；解经的，便同传和注相合；辨史的，便同赞和评同列；评文的，便同叙和引并称。所以议是话说得适当，说是话说得动听，传是转述师说，注是着重解释，赞是说明作意，评是评论事理，叙是按事论列内容，引言是引申言辞：名称分为八种，一律以论为宗。论，是概括各家之说，来精研一个道理。

因此庄周的《齐物》，加"论"字；吕不韦的《吕氏春秋》，列出《开春》、《慎行》、《贵直》、《不苟》、《似顺》、《士容》六论；到石渠阁讨论六艺，白虎观通讲《五经》，阐发圣意，通贯经说，这是论家的正体。到班彪的《王命论》、严尤的《三将论》，论述入情，善于运用历史例证。魏国初建立霸业，兼用名法；傅嘏、王粲都熟习名理。到了魏正始年间，讲究文华；何晏这一班人，开始提倡谈玄，因而老子、庄周得势，同孔子争夺地位了。仔细观察傅嘏的《才性论》、王粲的《去伐论》、嵇康的《声无哀乐论》、夏侯玄的《本无论》、王弼的《易略例》、何晏的《道德论》：都是有所创见，锋锐精密，是论中的杰作。至于像李康的《运命论》，近似《论衡》，但又胜过它；陆机的《辨亡论》，模仿《过秦论》，却又赶不上它。不过，它们也是很优秀的。

再说到晋代宋岱的《周易论》、郭象的《庄子注》，思路深入到神化的境界；晋代的王衍、裴頠，辩论关于"有"和"无"的问题：都是独步于当时，名传于后代。然而执著于"有"的，完全着眼物象体用；注重于"无"的，一意固守寂寞清虚。这都是只求一端之说，没能接近正理。深入探索真理的究竟，那就得达到佛学的最高境界了吧？到了东晋的种种谈论，只是致力于玄学；虽然时常有新解，可是多数是引申前人的话头。至于像汉朝张衡的《讥世》，类乎文字游戏；三国孔融的《孝廉》，只是说些开玩笑的话；曹植的《辨道》，体例同抄书一般：言论不能入于正道，还不如不说为好。

考究论这种体制，是用来明辨是非，对现象作彻底的探索，追究到超过形象的理论，攻破困难求得贯通，深入探索取得最后结论。它是求得各种理论的手段，评价各种事理的天平。所以道理上要求圆满通达，言辞上不能枝蔓烦碎，一定要使思想同事理一致，吻合得没有空隙；又要使文辞同思想一致，使论敌无隙可乘：这是最主要的。因此议论像劈柴，贵在按木柴的纹理把它劈开。斧头锋利却不顾纹理把它横里切断,能言善辩却强词夺理来自圆其说,这样看起来文辞虽然巧妙,可是考求实际就知道不对了。只有君子能懂得天下的事理,立论不讲道理怎么可以呢!

至于注释,是把释经的论分散开来,注解体式虽多而杂,归总起来看还是和论相同。像秦延君注《尧典》用了十多万字,像朱普解《尚书》用了三十万字,有学问的人都讨厌这种烦琐,把学习这种分章逐句的注释看成羞耻。像毛公解释《诗》,孔安国解释《书》,郑玄解释《三礼》,王弼解释《易》,简要明畅,这些才可以作为范本。

说是喜悦。"说"右边的"兑",在《易·说卦》里作口舌讲,所以说要使人听得舒服,但话过于好听一定虚伪,所以舜对阿谀的话感到惊恐。好的说辞,像伊尹讲调味使殷强大起来;姜太公讲钓鱼使周兴盛;烛之武去劝秦国退兵,缓解了郑国的危难;子贡一出使就使鲁国得到保全;这也是说辞中的上选。

到了战国七雄争长,辩士风起云涌,用合纵、连衡参与谋议,较量强弱;像弹丸那样圆转地运用巧妙的辞令,像飞出去的钳子钳住目标那样使人佩服其精巧的技术。一个辩士的话比九鼎宝器还重要;三寸之舌,比百万雄兵还强大。主张连横的苏秦,累累地挂着六国相印;主张合纵的张仪,受封五座富裕的城邑。到了汉代平定秦楚,辩士不再那样得势,郦食其既已被煮死在齐镬,蒯通也几乎被投进汉鼎。虽然像陆贾很有名声,张释之能够依据时事立论,杜钦多文善辩,楼护有游说才能,有的在皇帝殿前上下,有的在大臣座前辩说;但已多半是看风向说话,没有谁能够逆流而进了。

劝说重在配合形势,有时放松有时抓紧,跟着情况转变。劝说不是专靠口舌,也用笔墨。范雎论政事,李斯谏逐客,都入情合拍,巧中事理,虽有所触犯,却获得成功、受到信用,这是上书中善于劝说的例子。至于邹阳劝说吴王、梁王,比喻巧妙而理由充足,所以处境虽然危险却没有受害。冯衍劝说鲍永、邓禹,事例迂阔、文辞繁多,所以几经活动却很少得志。

　　说的关键,在于使它对时务有利且理由正确,大的方面有助于成就事业,小的方面不会妨碍自身荣显。只要不是欺骗敌人,就只能忠诚和信实,把内心的诚意进献主上,用巧妙的文采来加强言辞,这就是说的本义。可是陆机竟说"说要外表光彩而内含欺诈",这是干什么呢?

　　赞道:道理用言语来表达,叙述道理的就成为论。文辞深入人间天上,探求全凭内心方寸。像阴阳变化那样没有差误,使得鬼神也无从逃遁。游说像用飞钳把你抓住,在呼吸之间对你阻止劝诱。

神思第二十六

《神思》是创作论的第一篇。刘勰谈创作，先讲想象。想象是超越时空的，可以想到千载以上，万里以外；也可以想到美妙的声音，变幻的景色。创作还需要观察，靠耳目来视听。这种观察又跟情志和体气有关。从观察的外物中引起情思，这就构成文思，这要体气强健。有了文思，又要靠文辞来表达。从观察外物到引起情思，这要靠"虚静"。虚心，才能够看到外物的特色；心静，才能作仔细的观察。这要消除成见和烦躁。情思的深浅、邪正、高低又跟学识、理论、阅历有关，所以又要积学、酌理、研阅了。

再讲情思的酝酿。先是观察外物时各种念头都起来了，从中产生思想，再构成文意，即创作构思，最后用文辞来表达，这就成为作品。有时产生不了文意，得等酝酿成熟时再创作。创作的快慢，跟创作构思的形成有关。作者"心总要术"，对当前各种现象有一个主要看法，因此看到某些现象，立可作出判断，构成文意，写成文章。要是作者"情饶歧路"，看到某些现象，作不出判断，就无法写了。要作出判断，要靠博学，要有一个思想，所以提出博见和贯一来。

最后谈到写成后的修改，有巧义或新意包含在拙辞、庸事中，应该修改，除去拙辞、庸事，使巧义、新义突出来。

古人云："形在江海之上，心存魏阙之下。"①神思之谓也。文之思也，其神远矣。故寂然凝虑，思接千载；悄焉动容，视通万里；吟咏之间，吐纳珠玉之声②；眉睫之前，卷舒风云之色：其思理之致乎③？故思理为妙，神与物游④。神居胸臆，而志气统其关键；物沿耳目，而辞令管其枢机⑤。枢机方通，而物无隐貌；关键将塞，则神有遁心。

【注释】

①"形在江海之上"二句：见《庄子·让王》："中山公子牟谓瞻子曰：'身在江海之上，心居乎魏阙之下，奈何！'"魏阙：指高大宫门前的两个观望台，此代指朝廷。两句的本意是说，身在民间，心在朝廷，想做官。这里是借用。② 吐纳：偏义复词，即吐，发出。③ 致：达到。④ 游：活动。这句指精神接触外界。⑤ 枢机：指事物运动的关键。枢，门臼。机，机关。

是以陶钧文思①，贵在虚静，疏瀹五藏②，澡雪精神③。积学以储宝，酌理以富才④，研阅以穷照⑤，驯致以怿辞⑥。然后使元解之宰⑦，寻声律而定墨⑧；独照之匠，窥意象而运斤⑨。此盖驭文之首术，谋篇之大端。

【注释】

① 陶钧：制瓦器。陶，瓦器。钧，制瓦器用的转轮。这里指酝酿文思。② 疏瀹(yuè)：犹洗净。五藏：五脏。③ 澡雪：洗净。④ 酌理：用理来斟酌去取，评量是非。⑤ 阅：阅历。照：察看。⑥ 驯致：顺着思路。怿(yì)辞：运用文辞。怿，同"绎"，抽取。⑦ 元解之宰：懂得玄妙道理的主宰，指心。元，同"玄"。⑧ 寻：依照。墨：文字。⑨ 运斤：《庄子·徐无鬼》中讲"匠石运斤成风"，说有人使用斧子的技艺高超，能把一个人鼻子上沾的白土削去而不碰伤鼻子。这里指写作时的剪裁修饰。斤，斧。

夫神思方运，万涂竞萌，规矩虚位，刻镂无形。登山则情满于山，观海则意溢于海，我才之多少，将与风云而并驱矣。方其搦翰①，气倍辞前，暨乎篇成，半折心始。何则？意翻空而易奇，言征实而难巧也。是以意授于思，言授于意，密则无际，疏则千里②。或理在方寸而求之域表③，或义在咫尺而思隔山河④。是以秉心养术⑤，无务苦虑⑥；含章司契⑦，不必劳情也。

【注释】

① 搦(nuò)：持，执。翰：笔。② 无际：两者密合而无空隙。际，两处连接处。疏：远。③ 方寸：指心。域表：域

外。④ 咫尺:指眼前。咫:八寸。⑤ 秉:操持。⑥ 务:专力。⑦ 含章:含美。司契:陆机《文赋》中有"意司契而为匠"的话。指酝酿美好的文思。契,契约,规则。

　　人之禀才①,迟速异分;文之制体②,大小殊功。相如含笔而腐毫③,扬雄辍翰而惊梦,桓谭疾感于苦思④,王充气竭于思虑⑤,张衡研京以十年⑥,左思练都以一纪⑦:虽有巨文,亦思之缓也。淮南崇朝而赋《骚》⑧,枚皋应诏而成赋⑨,子建援牍如口诵⑩,仲宣举笔似宿构⑪,阮瑀据案而制书⑫,祢衡当食而草奏⑬:虽有短篇,亦思之速也。

【注释】

　　① 禀:禀赋,有天赋意。② 制体:确定体裁。③ 相如含笔而腐毫:《西京杂记》载,司马相如写《上林赋》、《子虚赋》,花了将近一百天才写成。所以这里说"腐毫"。毫,指笔。④ "扬雄辍翰而惊梦"二句:桓谭《新论》中讲他作赋用心过度,因此发病。又说汉成帝叫扬雄作赋,雄用心精苦,作成后困倦小睡,竟梦见自己的五脏掉在地上,就用手把它们拿起来安放回身体内,醒来便大病一场。⑤ 王充气竭于思虑:王充在《论衡》中说从事写作,是悯世忧任,愁苦精神,惊魂动魄,害年损寿,有违自然。所以这里说"气竭"。⑥ 张衡研京以十年:《后汉书·张衡传》载,张衡模仿班固的《两都赋》创作《二京赋》,花了十年时间才写成。⑦ 左思练都以一纪:据《文选·三都赋》注,左思写作《三都赋》,用

了"一纪"。练:指推敲辞意。一纪:十二年。⑧ 淮南崇朝而赋《骚》:汉武帝叫淮南王刘安作《离骚传》,他一个早上就作好了。崇朝:一个早上。崇,终。赋:指写作。⑨ 枚皋应诏而成赋:《汉书·枚皋传》载,枚皋写赋思绪来得很快,"受诏(命)辄(就)成"。⑩ 子建:曹植的字。援:持。牍:木简。《文选》杨德祖《答临淄侯(曹植)笺》中说他曾亲见曹植"握牍执笔,有所造作,若成诵在心,借书于手"。⑪ 仲宣:王粲的字。《三国志·魏书·王粲传》说王粲"善属文,举笔便成,无所改定,时人常以为宿构"。宿构:早写好的。⑫ 阮瑀据案而制书:曹操在路上叫阮瑀写信给韩遂,阮瑀就靠在马鞍上起草。案,当作"鞍"。⑬ 祢衡当食而草奏:黄祖的儿子黄射大会宾客,有人献鹦鹉,黄射请祢衡作赋,祢衡拿起笔来就写,不加修改就写成了。祢衡又曾替刘表写奏章,大为刘表称赏。这里把这两件事合在一起叙述。

若夫骏发之士①,心总要术②,敏在虑前,应机立断;覃思之人③,情饶歧路④,鉴在疑后,研虑方定。机敏故造次而成功,虑疑故愈久而致绩⑤。难易虽殊,并资博练。若学浅而空迟,才疏而徒速,以斯成器⑥,未之前闻。是以临篇缀虑⑦,必有二患:理郁者苦贫⑧,辞溺者伤乱⑨。然则博见为馈贫之粮⑩,贯一为拯乱之药,博而能一,亦有助乎心力矣。

【注释】

① 骏发:指文思敏捷。骏,速。② 要术:主要方法。

③ 覃(tán):深。④ 饶:多。歧路:指意见不定。⑤ 造次:仓猝,匆促。致绩:成功。⑥ 器:才器,才能。⑦ 缀虑:构思。⑧ 郁:郁积,指思路不开展。贫:贫乏,没东西可写。⑨ 辞溺:陷在辞藻里。⑩ 馈(kuì):进食。

若情数诡杂①,体变迁贸②,拙辞或孕于巧义③,庸事或萌于新意④,视布于麻,虽云未贵,杼轴献功,焕然乃珍⑤。至于思表纤旨⑥,文外曲致⑦,言所不追,笔固知止。至精而后阐其妙⑧,至变而后通其数⑨,伊挚不能言鼎⑩,轮扁不能语斤⑪,其微矣乎!

【注释】

① 情数诡杂:指作品内容说,"情"指思想感情,"数"有不一致的意思。诡:不正。② 体变迁贸:指作品的形式说,体是体裁,变是迁易、改变。贸:变化。应该写成短篇的,硬要拉成长篇,这就由于体裁不当。③ 孕:包含。④ 萌:萌芽。⑤ 焕然:有光彩。⑥ 表:外。纤:细。⑦ 曲:曲折。⑧ 阐:说明。⑨ 数:技巧。⑩ 伊挚:伊尹,名挚。他去见汤,拿烹调的道理比治理国家,以此劝说汤。他认为鼎中的"至味"(美味),"精妙微纤,口弗(不)能言,志(心)弗能喻(领会)"。鼎:古烹调用具。⑪ 轮扁:做车轮的名叫扁的工人。他说用斧子砍车轮中的甘苦他也无法说明。

赞曰:神用象通,情变所孕。物以貌求,心以理应。刻镂声律,萌芽比兴。结虑司契①,垂帷制胜②。

【注释】

① 司契:指意匠经营。② 垂帷:放下帐幕,此指专心致志。如《史记·董仲舒传》:"下帷讲诵。"

【翻译】

古人说:"身子住在江海边上,心思却想到宫廷里去。"这就叫神思。文章构思起来,神就飞翔得很远。所以默默地聚精会神去思考,那神思就可以上接千年以前;悄悄地把内心感受见之面容,那目光就可以远达万里之外;在吟诵中间,像发出珠圆玉润的声音;在凝想中间,眼前像呈现风云变幻的景色:这些不都是构思所造成的么?所以构思到妙处,精神能和外物交接。精神由内心来主宰,志气来掌握关键;外物靠耳目来接触,语言来主管枢机。枢机通灵,事物的形貌都可以描绘;关键阻塞,就会失神。

因此酝酿文思,贵在虚心宁静,清除心胸,纯净精神。积累学识以储藏珍宝,明辨事理以丰富才学,研究阅历以彻底观察,顺着思路以运用文辞。然后使懂得妙理的心灵,按和谐的音节来撰文;正像有独特见解的匠人,凭着意想而挥动斧斤。这是驾驭文辞最紧要的方法,安排篇章最重大的事情。

神思开始运动,万念竞争。要在没有形成的文思中孕育合乎规矩的内容,要在没有定形的文思中开始刻镂形象。想到登山则情思里就充满了山的景色,想到观海则意想中便腾涌起海的风光,要问我的才力有多少,将同风云一起奔驰而无法计算了。刚拿起笔,气势比文辞旺盛一倍;等到写成,比起初想的已打了个对折。为什么呢?凭空的想象容易奇特,落实到文辞就难于巧妙。所以思想化为意象,意象化为语言,贴切时像天衣无缝,疏漏时便相差千里。有时道理就在自己心中却求之域外;有些意思就在眼前又像远隔山河。因此要操持心思而不必苦想,酝酿文章而不必劳情。

人的禀赋,下笔有快慢之分;文的体制,规模有大小之别。司马相如蘸着墨直到笔毫腐烂,扬雄放下笔做恶梦惊醒,桓谭害病由于思索过苦,王充气竭由于用心过度,张衡精写《二京赋》用了十年时间,左思推敲《三都赋》花了一纪功夫:虽说篇幅巨大,也由于文思迟缓。淮南王刘安一个早上写成《离骚传》,枚皋一接到诏命就写成了赋。曹植拿着简牍撰写就像顺口背诵,王粲提笔来创作就像誊写旧作,阮瑀靠着马鞍作文书,祢衡对着酒席草奏章:虽说都是短篇,也由于文思敏捷。

至于才思敏捷的人,心里掌握撰文要求,不待考虑就文思泉涌,乘势写出文章;需要深思的人,情思丛多而纷乱徘徊,要先有疑虑才能清楚,经过研究才能定局。文思快所以能在匆促中写成功,疑虑多所以要很久才能完篇。难和易虽然不同,都靠博学熟练。要是学识浅陋写得慢也是白费,才学荒疏写得快也是徒然,凭此能写出成功作品,还没有听说过。因此创作者酝酿文思,一定有两种困难:思路阻塞的人苦于内容贫乏;辞藻充溢的人苦于文辞杂乱。因而见识广博就成为补救贫乏的粮食,中心一贯就成为拯救杂乱的药物,识见广博而中心一贯,才有助于心力。

要是情思不一而是非混杂,体制不当而变易多端,拙劣的文辞中有时含有巧妙的意义,平庸的事例中有时透露出新颖的见解,用布来比麻,麻并不比布贵重,但经过加工制作,便显得光彩而可宝贵。至于一些想不到的细微意旨,文思外的曲折情趣,语言所难以追寻,笔下也就只好中止了。要达到最精的境界而后才能阐发它的妙处,懂得最大的变化而后才能理解它的技巧,这好比伊尹不能说明烹调的精巧,轮扁不能说明斧削的甘苦一样。真是太微妙了。

赞道:精神同物象相通,孕育出情思变化。物象通过形貌来表现,内心里产生情理以相应。推求文辞声律,产生比喻起兴。运用意匠构思,专心致志取胜。

体性第二十七

"体性"是讲体貌和性情的关系,即风格和个性的关系。刘勰认为风格的形成,与才、气、学、习有关。才指才能,有庸俗的,有杰出的;气指气质,有刚强的,有柔婉的;学指学识,有浅有深;习指习染,有正确的,有浮靡的。他这样来讲性情,即认为个性的形成有两方面:一方面本于天资,一方面本于学习和习染。这样形成的个性,跟作家的风格有关。

他讲作品的风格,分为四组八种,即"雅与奇反,奥与显殊,繁与约舛,壮与轻乖"。在这里他称"奇"为"危侧趣诡","轻"为"浮文弱植",对这两种风格是贬低的。这是针对当时诡异浮靡的文风说的,他要纠正这两种不好的文风,所以这样说。其实讲四组八种风格,可以把不好的文风排斥在外,不必称"奇"为"危侧趣诡"。如他在《辨骚》中称《离骚》为"奇文郁起",可见他对《离骚》的"奇"是充分肯定的。"壮"不必和"轻"对,可以改为"刚与柔乖",刚健和柔婉都是值得肯定的。这是他讲作品的风格。

他讲作家的风格,举了十二位作家,都结合他们的个性来谈他们的风格,说明个性和作家风格的密切关系。他又指出作品的各种风格可以学习,个性的风格本于各人的个性所形成,这样讲是确切的。

夫情动而言形,理发而文见,盖沿隐以至显①,因内而符外者也。然才有庸俊②,气有刚柔,学有浅深,习有雅郑③,并情性所铄④,陶染所凝⑤,是以笔区云谲,文苑波诡者矣⑥。故辞理庸俊,莫能翻其才⑦;风趣刚柔,宁或改其气⑧?事义浅深,未闻乖其学;体式雅郑,鲜有反其习⑨;各师成心,其异如面。

【注释】

① 隐:隐藏在内,指情理。显:显露在外,指文辞。② 俊:杰出。③ 雅郑:雅是周天子辖区内的标准音乐,郑是郑国的音乐。古人认为郑国的音乐是靡靡之音。刘勰沿袭传统的看法,因此他以雅为标准、正确;以郑为淫靡、不正确。④ 情性:指各人的性情气质。铄:冶金,借作形成。⑤ 陶染:风俗习惯的陶冶感染。⑥ 笔区:犹文坛。谲、诡:都指变化。⑦ 翻:改变。⑧ 宁:岂。⑨ 鲜:少。

若总其归途,则数穷八体①:一曰典雅,二曰远奥②,三曰精约,四曰显附,五曰繁缛,六曰壮丽,七曰新奇,八曰轻靡。典雅者,熔式经诰,方轨儒门者也③;远奥者,馥采典文,经理玄宗者也④;精约者,核字省句，剖析毫厘者也⑤；显附者，辞直义畅，切理厌心者也⑥；繁缛者，博喻酿采，炜烨枝派者也⑦；壮丽者，高论宏裁，卓烁异采者也⑧；新奇者，摈古竞今，危侧趣诡者也⑨；轻靡者，浮文弱植，缥缈附俗者也⑩。故雅与奇反，奥与显殊，繁与约舛，壮与轻乖，文辞根叶，苑囿其中矣。

【注释】

① 穷：尽于。② 奥：深奥，不显露。③ 熔式：熔化模仿。式：用作模范。方轨：并轨，两车并行。以上二句指取法经书、采用儒家、文辞庄重的是典雅。④ 馥：当作"复"，隐而不显。玄宗：玄妙的理论。指采用道家、文辞玄妙的是远奥。⑤ 核字：字字经过考核。即内容剖析入微、文辞精练的是精约。⑥ 厌心：同"餍心"，心里满足。指不绕弯子说话、意义畅达、道理深入人心的是显附。⑦ 酿采：指辞采丰富。酿：酝酿。炜烨：有光彩。枝派：分枝别派。指内容丰富、辞采华丽的是繁缛。⑧ 宏裁：大体裁。卓烁（shuò）：卓越的光彩。议论卓越、文辞杰出的是壮丽。⑨ 摈：排斥。危侧：险僻。趣：同"趋"。指不走正路、追求新颖奇巧的是新奇。⑩ 植：指内容的情志。缥缈：虚飘。指内容浅薄、文辞浮靡的是轻靡。

若夫八体屡迁，功以学成，才力居中，肇自血气①；气以实志，志以定言，吐纳英华②，莫非情性。是以贾生俊发③，故文洁而体清；长卿傲诞④，故理侈而辞溢；

子云沉寂⑤，故志隐而味深；子政简易⑥，故趣昭而事博⑦；孟坚雅懿⑧，故裁密而思靡⑨；平子淹通⑩，故虑周而藻密；仲宣躁锐⑪，故颖出而才果⑫；公干气褊⑬，故言壮而情骇；嗣宗俶傥⑭，故响逸而调远⑮；叔夜俊侠⑯，故兴高而采烈；安仁轻敏⑰，故锋发而韵流；士衡矜重⑱，故情繁而辞隐。触类以推，表里必符，岂非自然之恒资⑲，才气之大略哉！

【注释】

① 肇：开始。血气：气质。② 吐纳：吐，发表。英华：精彩作品。③ 贾生：贾谊。俊发：英俊而意气发扬。《史记·贾谊列传》："每诏令议下，诸老先生不能言，贾生尽力为之对。"这是才气卓越之证。④ 长卿：司马相如字。诞：放荡。《史记·司马相如列传》称"（卓）文君新寡"，相如以"琴心挑之"。这就是傲诞，不拘守礼节。⑤ 子云：扬雄字。《汉书·扬雄列传》："默而好深沉之思。"著《太玄经》。沉寂：性情沉静，守寂寞。⑥ 子政：刘向字。简易：平易近人。《汉书·刘向列传》："向为人简易无威仪。"他的奏章写得明白切至。⑦ 昭：明白。⑧ 孟坚：班固字。懿：美。《后汉书·班固列传》："博贯载籍。"传论说："固文赡而事详。"⑨ 裁密思靡：体裁切合内容，思想细密。⑩ 平子：张衡字。淹：广。《后汉书·张衡列传》："通《五经》，贯六艺。"传论说："故智思引渊微。"⑪ 仲宣：王粲字。《三国志·魏书·杜袭列传》注："王粲性躁竞……善属文，举笔便成。"⑫ 颖出：锥子的尖脱出布袋，指露锋芒。果：决断。⑬ 公干：刘桢字。褊：狭隘。刘桢气度偏狭，言壮清思惊人。⑭ 嗣宗：

阮籍字。俶傥(tì tǎng):不受拘束。《晋书·阮籍列传》:"任性不羁。"他的《咏怀诗》,格高而含意深远。⑮ 逸:高超。⑯ 叔夜:嵇康字。俊侠:英俊有侠气。《晋书·嵇康传》称他"性烈而才隽(俊)"。⑰ 安仁:潘岳字。轻敏:轻薄而敏慧。《晋书·潘岳传》称"岳以才颖见称","性轻躁,趋世利"。⑱ 士衡:陆机字。矜重:矜持庄重,指守礼节。《晋书·陆机传》称他"伏膺(敬守)儒术,非礼不动"。⑲ 恒资:恒久不变的资质,指气质。

夫才有天资,学慎始习,斫梓染丝①,功在初化,器成采定,难可翻移。故童子雕琢,必先雅制;沿根讨叶,思转自圆。八体虽殊,会通合数,得其环中②,则辐辏相成③。故宜摹体以定习,因性以练才。文之司南④,用此道也。

【注释】

① 有:当作"由"。斫(zhuó):砍,砍轮。梓(zǐ):树名,制木器用,作制器解。② 环中:指轴心。③ 辐辏:辐是车轮中的直木,凑聚在轮中心,比喻不同风格的交互影响。④ 司南:古代指南针。

赞曰:才性异区,文辞繁诡。辞为肤叶,志实骨髓。雅丽黼黻①,淫巧朱紫②。习亦凝真,功沿渐靡③。

【注释】

① 黼黻(fǔ fú)：古代礼服上绣的花纹。半白半黑的斧形(刃白背黑)叫黼，半黑半白的两个"己"字形叫黻。② 朱紫：古代以朱为正色，紫为间色，即正色和间色混杂。③ 靡：倒，指倒向正确的一面。

【翻译】

感情活动而形成了语言，道理表达就体现为文章。从隐藏在内心的情理到表达为明显的语言文字，内容和形式是相符合的。不过人的才能有平庸的、杰出的；气质有刚强的、柔弱的；学识有浅薄的、精深的；习染有雅正的、浮靡的。这些都由性情所造成，习俗所陶冶，因此，笔区像云气那样变幻，文苑像波涛那样诡异。所以，文理的平庸或特出，不会脱离他的才能；风趣的刚健和柔婉，怎能改变他的气质？用事述义的浅薄或精深，没有听说背离他的学识；体制的雅正或浮靡，很少有违反他的习染。每个人凭着自己的认识写作，作品正像他们的面貌各不相同。

要是总结各种作品发展的道路，可以概括成八种体：第一是典雅，第二是远奥，第三是精约，第四是显附，第五是繁缛，第六是壮丽，第七是新奇，第八是轻靡。典雅的，是熔化取法于经诰，同儒家著作并行；远奥的，是文采不显而有法度，以道家学说为主；精约的，是节省字句，剖析入微；显附的，是语言质直而意义畅达，切合情理使人满意；繁缛的，是比喻众多而辞语丰富，光彩繁密像分枝别派；壮丽的，是议论卓越而体制宏伟，文采突出；新奇的，是弃旧求新，偏侧诡异；轻靡的，是浮华柔弱，轻飘庸俗。所以典雅和新奇相反，远奥和显附不同，繁缛和精约相反，壮丽和轻靡不同，各种文辞生根抽叶发荣滋长，都在这个范围里了。

至于八体的多种变化，它的功效要靠学习成功，各人的才能蕴藏在内，最初由于气质所造成，气质用来充实情志，情志确定语言文辞，发言精采，无不本于性情。因此贾谊才气英发，所以文辞洁净而风格清新；司马相如行为狂放，所以思路侈大而文辞夸饰；扬雄的性情沉静，所以含意隐晦而意味深沉；刘向的性情平易，所以志趣明白而事例广博；班固文雅深美，所以体裁绵密而思路细致；张衡学识通博，所以考虑周到而辞藻茂密；王粲急躁勇锐，所以锋芒突出而果敢有力；刘桢性情褊急，所以言辞雄壮而情思惊人；阮籍行为豁达，所以音节高超而声调卓越；嵇康豪侠，所以兴趣高超而文采壮丽；潘岳轻浮敏捷，所以锋芒毕露而音韵流动；陆机矜持庄重，所以情事繁富而辞义含蓄。从各种类型来推求，外表的文辞和内在的性情气质一定符合，这岂非天赋的资质和才气的大概吗？

才气由于天资，学习要在开头时慎重，正像制轮器、染丝绸，功效都决定于初始，器物制成、色彩染就，就难以改变了。所以未成年人学习修辞，一定要先端正体裁，从根本探究到枝叶，思路的周转自然圆满。八体虽然不同，彼此融会贯通，掌握了原则，就会像车辐的凑合相辅相成。所以应该从模仿各种风格中确定自己学习的方向，顺着性情和气质来锻炼才能。写作的指南就是这么一些。

赞道：才华性格各有区别，文辞风格的变化多端。文辞好比肌肤枝叶,情志实在是根本骨干。雅正华丽的像古代的礼服,淫靡纤巧的像杂乱的颜色。经过学习也可形成正确的才气,它的收效要靠渐逐地转化。

风骨第二十八

"风骨"是一种刚健的风格,所以称为"刚健既实,辉光乃新"。那为什么不在讲风格的《体性》里讲,又另立《风骨》篇呢?刘勰在《总术》里讲:"精者要约,匮者亦鲜;博者该赡,芜者亦繁;辩者昭晰,浅者亦露;奥者复隐,诡者亦曲。"他在《体性》里讲的作品风格,有鱼目混珠的缺点。如简练吧,贫乏的也写得简;繁丰吧,芜杂的也写得繁,其他各体都一样。因此他要提出一种风格,不让鱼目混珠,这就是风骨。"风"指抒情要能感动人,"骨"指文辞要端直,抒情要鲜明,用辞要精练。这样构成的刚健风格,好像能够飞腾,这就没有鱼目混珠了。不过他举出潘勖替曹操写的《策魏公九锡文》,用它摹仿经书,称为"骨髓峻";司马相如写的《大人赋》,使汉武帝读了飘飘然有凌云之气,称为"风力遒"。一篇讨好曹操的专权,一篇迎合汉武帝想求仙,都谈不上思想性,说明他讲的风骨在思想性方面注意不够。不过,在刘勰的时代,这是一种普遍的倾向。如南齐谢赫在《古画品录》里也讲"风骨"。他说:"一、气韵,生动是也。二、骨法,用笔是也。"他认为不论画花鸟虫鱼,只要画得活,线条有力,就有风骨。可见风骨是一种美学要求,不看思想性的。在今天看来,要是刘勰等人能够注意作品的思想性,就更具有感化的力量,更符合风骨的要求了。

刘勰讲风骨,还讲文采,用凤凰来比。又提出"意新而不乱","辞奇而不黩",即要纠正当时的意新体乱、辞奇而滥的毛病。这一点,也是值得肯定的。

《诗》总六义①,风冠其首,斯乃化感之本源,志气之符契也②。是以怊怅述情③,必始乎风;沉吟铺辞④,莫先于骨。故辞之待骨,如体之树骸;情之含风,犹形之包气。结言端直,则文骨成焉;意气骏爽⑤,则文风清焉。若丰藻克赡,风骨不飞,则振采失鲜,负声无力。是以缀虑裁篇,务盈守气,刚健既实,辉光乃新。其为文用,譬征鸟之使翼也⑥。

【注释】

① 六义:指风、雅、颂三种体制和赋、比、兴三种表现手法。② 志气:情志和气势。符契:信约,指作品和志气一致。③ 怊怅:犹惆怅。④ 沉吟:低声吟咏。⑤ 骏爽:快利爽朗。⑥ 征鸟:远飞的鸟。

故练于骨者,析辞必精;深乎风者,述情必显。捶字坚而难移①,结响凝而不滞②,此风骨之力也。若瘠义肥辞③,繁杂失统④,则无骨之征也。思不环周。索莫乏气⑤,则无风之验也。昔潘勖锡魏,思摹经典,群才韬笔⑥,乃其骨髓峻也;相如赋仙,气号凌云⑦,蔚为辞宗⑧,乃其风力遒也⑨。能鉴斯要,可以定文,兹术或违,无务繁采。

【注释】

① 捶:锻击。捶字,指练字。② 结响凝:使声调协调。凝指声调有一定,不可转变。不滞:不粘滞,指声调同内容相应,在一定中有变化。③ 瘠义:意义贫乏。④ 统:统绪,条理。⑤ 索莫:当作"牵课",如《养气》:"非牵课才外也。"意谓勉强。⑥ 韬:藏。⑦ 凌云:在云上,驾云。⑧ 蔚:盛。宗:宗匠。⑨ 遒:劲。

故魏文称:"文以气为主,气之清浊有体,不可力强而致。"①故其论孔融,则云"体气高妙"②;论徐干,则云"时有齐气"③;论刘桢,则云"有逸气"④。公干亦云:"孔氏卓卓,信含异气,笔墨之性,殆不可胜。"⑤并重气之旨也。夫翚翟备色,而翾翥百步⑥,肌丰而力沉也;鹰隼乏采,而翰飞戾天⑦,骨劲而气猛也。文章才力,有似于此。若风骨乏采,则鸷集翰林⑧;采乏风骨,则雉窜文囿。唯藻耀而高翔,固文笔之鸣凤也。

【注释】

① 魏文:魏文帝曹丕。引文见《典论·论文》。气:指

风格和气质。清浊：指风格或清或浊。体：体气，即气质。② 体气高妙：《典论·论文》说"孔融体气高妙，有过人者"。体气：风格气势。③ 时有齐气：《典论·论文》称"徐干时有齐气"。齐气：齐（山东）俗文体舒缓，所以称文气舒缓为齐气。④ 有逸气：曹丕《与吴质书》称"公干（刘桢字）有逸气，但未遒耳"。逸气：高超的风格。⑤ 孔氏：指孔融。卓卓：卓越，超出一般。信：确实。异气：特出的风格。性：性质，特征，妙处。殆：几乎。刘桢的话已经散失。⑥ 翚（huī）：五彩的野鸡。翾翥（xuān zhù）：小飞。⑦ 翰：高。戾：到。⑧ 翰林：翰（笔）墨之林，即文艺的园地。

若夫熔铸经典之范①，翔集子史之术②，洞晓情变③，曲昭文体④，然后能孚甲新意⑤，雕画奇辞⑥。昭体，故意新而不乱；晓变，故辞奇而不黩⑦。若骨采未圆，风辞未练，而跨略旧规，驰骛新作，虽获巧意，危败亦多。岂空结奇字，纰缪而成经矣⑧？《周书》云："辞尚体要，弗惟好异。"盖防文滥也！然文术多门，各适所好，明者弗授，学者弗师。于是习华随侈，流遁忘反。若能确乎正式，使文明以健，则风清骨峻，篇体光华。能研诸虑，何远之有哉？

【注释】

① 熔铸经典之范：指取法经典加以重新创作，同模仿不完全一样。② 翔集子史之术：指取法诸子史传使文字写得极为生动，像飞翔一般。③ 洞：深。④ 曲昭：详悉。⑤ 孚

甲:萌芽。⑥ 雕画:修饰。⑦ 黩(dú):亵狎,不严肃,有浮滑意。⑧ 纰缪:缪语。成经:成为经常,经常这样而不是偶然这样。

赞曰:情与气偕,辞共体并。 文明以健,珪璋乃聘①。 蔚彼风力,严此骨鲠②。 才锋峻立,符采克炳。

【注释】

① 珪璋:各国聘问时的宝玉。② 骨鲠:指骨力。

【翻译】

《诗》包含六义,风排在首位,它是感化的根本,是志气的表现。因此惆怅地表达感情,必然从风开始;沉吟于运用文辞,没有比骨更重要。所以文辞需要有骨,好像形体的需要树起骨架;表达感情需要有风,好像形体里含有生气。措辞端庄正直,文辞就有骨;意气快利豪爽,文风就清澈。倘使文采丰富,而风骨不能飞动,那样的文采是黯淡而不鲜明,是没有声韵之美的。所以构思谋篇,一定要充分地保住气,能够刚健充实,才有新的光辉。这对文章的作用,正像飞鸟使用两个翅膀一样。

所以能练骨的,辨析文辞一定精当;善用风的,表达感情一定明显。练字确切而难于更换,声调重实而不形粘滞,这就是风骨的力量。要是命意贫乏而追求辞藻,文字繁杂而缺乏条理,那就是没有骨的象征。如果考虑思索得不够圆到,勉强下笔而缺乏生气,那就是没有风的证明。

从前潘勖写《策魏公九锡文》，模仿经典，使很多才人搁笔，就因为他的骨力高；司马相如作《大人赋》，号称有凌云之气，成为辞赋的典范，就因为他的风力劲。能够看到要点，就可以写出好的文章，要是违反了这一原则，词藻再繁也不起作用。

所以魏文帝说："文章以气为主，气的或清或浊由于气质，不是勉强所能达到的。"所以他论孔融，便说"体气高妙"；论徐干，便说"时有齐气"；论刘桢，便说"有逸气"。刘桢也说，"孔融很杰出，确实具有不同寻常的气质，他文章的妙处，几乎无法使人赶超"。这些都是重视气的说法。野鸡具备各种色彩而一飞只能百步，是肌肉丰满而力量不够；鹰隼缺乏文采而高飞便能冲天，是骨力强劲而气势猛厉。文章才力也和这相似。倘使有风骨而缺乏文采，便如同文苑中飞集的猛禽；有文采而缺乏风骨，就像艺林里乱窜的野鸡。只有文采照耀而又能高飞，确实才称得上文章中的凤凰。

要是依照经典的规范，吸取子史技法，通晓事物的变化，深明文章的体制，然后才能萌生新异的意旨，刻画奇特的辞藻。明白体制，所以能既有新意又不乱；通晓变化，所以能既有新辞又不趋浮滑。倘使骨和文采还未圆熟。风和辞藻还未精练，却要超越旧的规范，追逐新的创作，即使具有巧妙的用意，失败的机会也多，这岂是凭空用些奇字，就能把错误变成正常的呢？《周书·毕命》说："文辞注重体制要领，不要只图爱好奇异。"就是为了防止文辞的浮滥吧！当然文章的写法多样，可以适合各种人的爱好，所以会写的人不便用自己的爱好来教人，习作的人也不去向人请教。因而跟着浮华侈靡的风气跑,流入歧路而不知回头。倘使能够确立正大的体式,使得文辞光明而刚健,那就风清骨峻,整篇光彩。能够深入思考这些问题,达到这种境界就不会遥远!

赞道:情和气相配,辞和体结合。文章光明强健,受到珍重如同宝玉。增加文章的风力,强劲文章的骨力,才能做到才华卓越,文采显耀。

通变第二十九

"通变"是讲历代文学的继承和演变。就文体来讲,刘勰认为各体文有一定的名称和创作要求,这是要求继承的;文辞气力,因时变化,这是要求演变的。他认为从各代文学的演变看,从黄唐到商周,是发展的,好的;从周到楚汉,发展而有流弊,这就是他在《宗经》里所说的:"楚艳汉侈,流弊不还。"从魏晋到刘宋初,是"浅而讹",也就是说走下坡路了。因此,他认为应该继承商周的丽而雅,对楚汉的侈而艳要防止流弊,要纠正魏晋到刘宋的浅而讹。这样看来,他讲通变还是着眼在继承上。如他举出"夸张声貌"的"五家如一",就是讲继承,不是讲新变。应该说,他这样讲是不尽正确的。

这篇里也有可取的:一、继承和演变要结合起来,好的传统还应该继承,在此基础上再求演变。二、从文学史上看,有发展的,有虽有发展而会产生流弊的,有走下坡路的,这样看也是比较全面的。三、他的结论,还是强调"日新其业","变则可久","望今制奇",以新变为主。这些是好的。

这篇里的优点和缺点,说明今天对于刘勰

的文论观要仔细分析。如他举"五家如一"的例子是不正确的,但跟《辨骚》结合起来看,便可以发现《辨骚》里也有继承,但主要是讲新变,也举了不少例子。而他所举的例子,正可以用来纠正这里"五家如一"的缺点。

夫设文之体有常①,变文之数无方②,何以明其然耶③? 凡诗、赋、书、记④,名理相因,此有常之体也;文辞气力⑤,通变则久⑥,此无方之数也。 名理有常,体必资于故实⑦;通变无方,数必酌于新声⑧;故能骋无穷之路,饮不竭之源。 然绠短者衔渴⑨,足疲者辍途⑩,非文理之数尽,乃通变之术疏耳。 故论文之方,譬诸草木,根干丽土而同性⑪,臭味晞阳而异品矣⑫。

【注释】

① 常:不变的。② 数:术数,方法。无方:没有定规。③ 然:这样。④ 诗、赋、书、记:这是总论从《明诗》到《书记》的文体论各篇说的。⑤ 气:气势。⑥ 通变:指继承和革新。通,会通,通观历代创作而求得它的规律。变,变革。⑦ 资:凭借。故实:指过去的作品。⑧ 新声:新音乐,指新作品。⑨ 绠:汲水绳。衔渴:受渴。⑩ 辍:停止。⑪ 丽:附着。⑫ 晞阳:晒太阳。

是以九代咏歌①,志合文则②。 黄歌"断竹"③,

质之至也；唐歌《在昔》④，则广于黄世⑤；虞歌《卿云》⑥，则文于唐时；夏歌"雕墙"⑦，缛于虞代；商周篇什⑧，丽于夏年。至于序志述时，其揆一也⑨。暨楚之骚文，矩式周人⑩；汉之赋颂，影写楚世⑪；魏之篇制，顾慕汉风；晋之辞章，瞻望魏采。榷而论之⑫，则黄唐淳而质⑬，虞夏质而辨⑭，商周丽而雅，楚汉侈而艳⑮，魏晋浅而绮⑯，宋初讹而新⑰。从质及讹，弥近弥淡。何则？竞今疏古，风昧气衰也⑱。

【注释】

①九代：黄帝、唐、虞、夏、商、周、汉、魏、晋。②则：法则。③断竹：指《吴越春秋》所载《弹歌》："断竹，续竹，飞土，逐宍（肉）。"④《在昔》：歌不详。⑤广：内容广阔。⑥《卿云》：指《尚书大传》载舜《卿云》歌："卿云烂（灿烂）兮，纠缦缦（纠绕而广远）兮。日月光华，旦复旦兮。"⑦雕墙：《伪古文尚书·五子之歌》的第二："内作色荒，外作禽荒，甘酒嗜音，峻宇（高屋）高墙，有一于此，未或不亡。"⑧篇什：《诗经》中的雅、颂，以十篇为一什，这里指诗篇。⑨揆（kuí）：道。⑩矩式：以为规矩法式，即取法。⑪影写：模仿。⑫榷：扬榷，大略。⑬淳：朴厚。⑭辨：明析。⑮侈：浮夸。⑯绮：有花纹的丝织品，指艳丽。⑰讹：即伪体，和正确的体裁相反，是就写得怪诞而说的。⑱昧：晦暗不明。

今才颖之士①，刻意学文，多略汉篇，师范宋集②，虽古今备阅，然近附而远疏矣。夫青生于蓝③，绛生于蒨④，虽逾本色，不能复化。桓君山云⑤："予见新进丽文，美而无采；及见刘扬言辞，常辄有得。"此其验也。故练青濯绛⑥，必归蓝蒨，矫讹翻浅⑦，还宗经诰。斯斟酌乎质文之间，而櫽括乎雅俗之际⑧，可与言通变矣。

【注释】

① 颖：禾芒，指秀出、杰出。② 宋集：刘宋时的各家集子。③ 蓝：蓝草。刘勰"青生于蓝"的用法，和"青出于蓝"的原意不同。"青出于蓝"是说青胜过蓝，刘勰的"青生于蓝"，认为从蓝草里可以提炼出青来，从青里不能提炼东西，好比读经书有所得，读华丽文辞无所得。④ 绛：赤。蒨（qiàn）：茜草。⑤ 桓君山：桓谭字君山，东汉初年学者，著有《新论》。⑥ 濯：洗，指提炼。⑦ 矫：纠正。⑧ 櫽（yǐn）括：矫正曲木的工具，指矫正。

夫夸张声貌，则汉初已极，自兹厥后①，循环相因②；虽轩翥出辙③，而终入笼内。枚乘《七发》云④："通望兮东海，虹洞兮苍天⑤。"相如《上林》云："视之无端，察之无涯，日出东沼⑥，月生西陂⑦。"马融《广成》云："天地虹洞，固无端涯，大明出东⑧，月生西陂⑨。"扬雄《校猎》云⑩："出入日月，天与地沓⑪。"张衡《西京》云："日月于是乎出入⑫，像扶桑于濛汜⑬。"此并广寓极状⑭，而五家如一。诸如此类，莫不相循⑮。参伍因革⑯，通变之数也。

【注释】

① 厥：其。② 因：沿袭。③ 轩翥：高飞。辙：车轮的迹。④《七发》：辞赋篇名，西汉枚乘的代表作。⑤ 虹洞：广阔无边。⑥ 沼：水池。⑦ 月生西陂：应作"入乎西陂"。司马相如《上林赋》本作"入乎"，此处作"月生"，误。陂：山旁。⑧ 大明：太阳。⑨"月生"句：马融《广成颂》作"月朔西陂"。《后汉书》李贤注云："朔，生也。"据李注，"月朔西陂"即"月生西陂"。按，"月生西陂"，误。因为月生于东，不生于西。疑"西"当作"东"。⑩《校猎》：指《羽猎赋》。校是木栏，用串连的木栏拦住禽兽而加以猎取。⑪ 沓（tà）：合。⑫ 是：此。⑬ 扶桑：神话中的神树，是太阳升起处。濛汜（sì）：日落处。⑭ 寓：托喻。⑮ 循：沿袭。⑯ 参伍：错综。

是以规略文统①，宜宏大体。先博览以精阅，总纲纪而摄契②；然后拓衢路③，置关键，长辔远驭④，从容按节，凭情以会通，负气以适变，采如宛虹之奋鬐⑤，光若长离之振翼⑥，乃颖脱之文矣⑦。若乃龌龊于偏解⑧，矜激乎一致⑨，此庭间之回骤⑩，岂万里之逸步哉⑪！

【注释】

① 规略：规划，考虑。统：总纲。② 摄：统摄，包括。

契:符合。③ 衢路:四通八达的大路。④ 辔:马缰绳。⑤ 宛虹:弯曲的长虹。奋髻(qí):弓起背。髻,作背解。⑥ 长离:朱鸟星,南方七个星宿的总称,因为称鸟,所以联系到鼓动翅膀。⑦ 颖脱:锥子的头从袋子里脱出来,比喻突出。⑧ 龌龊:局促。⑨ 矜激:骄傲偏激。⑩ 骤:跑马。⑪ 逸步:快步,指马的快跑。

赞曰:文律运周,日新其业。变则可久,通则不乏。趋时必果①,乘机无怯。望今制奇,参古定法。

【注释】

① 果:果断,决断。

【翻译】

　　文章的体裁是有一定的,文章的变化是无穷的。凭什么知道它这样呢?诗、赋、书、记,名称和文理相适应,这是正常的体裁;文辞的气和力,要有变通才能长久传下去,这有无穷的变化。名称和文理有定规,所以讲体裁一定要借鉴过去的作品;变化是无穷的,所以讲变化一定要参考当代的新作;这样才能够在没有尽头的创作道路上奔驰,汲取永不枯竭的创作源泉。如果绳子短就会打不到水而苦渴;如果脚力不够,就要在半路上停下来,这不是文理有所局限,是变化的方法还不到家。因此,讲创作的方法,好比草木,根干附着泥土,这点是一致的,但是气味却因吸取阳光的差异而出现不同的品种。

因此九个朝代的歌唱，情志上都符合文章的法则。黄帝时代唱"断竹"，极为质朴；唐尧时代唱《在昔》，比黄帝时代丰富；虞舜时代唱《卿云》，比唐尧时代有文采；夏朝唱"雕墙"，比虞舜时代更多辞采；商、周两朝的诗歌，比夏朝华丽。至于叙情志，讲时世，原则都是一致的。到了楚国的骚体，法式周诗；汉朝的赋颂，脱胎楚骚；魏朝的文篇，继承汉朝的风格；晋朝的辞章，仰慕魏朝的文采。大体说来，黄帝唐尧时代淳厚而质朴，虞舜夏禹时代质朴而明析，商周时代华丽而典雅，楚汉时代夸张而华艳，魏晋时间浅薄而绮丽，刘宋初年诡诞而新奇。从质朴到诡诞，时代越近味道越淡。为什么？争着模仿现代而忽略借鉴古代，于是文风黯淡、文气衰败。

现代有才华的人，都用心学习文章，多数人忽略汉朝作品，而去模仿刘宋文集，虽然古代和现代的都看，却是接近现代而疏远古代。其实青色是从蓝草里取得的，赤色是从茜草里取得的，虽都胜过原来的草色，却不能再有变化。桓谭说："我看了新出的浮华之作，虽美丽而实无可取；看了刘向、扬雄的文辞，就往往有所收获。"这就是验证。所以要提炼青、赤颜色，一定要用蓝草、茜草，要矫正伪体改变浅俗，还得要效法经诰。这是在质朴和文采中间斟酌尽善，在高雅和通俗中间安排妥帖，可以讲会通和变革了。

对声音形貌加以夸张，那在汉朝初期的辞赋里已登峰造极。从此以后，循环互相沿袭，纵有想跳出圈子的，却终于落入樊笼。枚乘《七发》说："远望啊东海，广阔无边啊苍天。"司马相如《上林赋》说："望起来望不到头，看起来看不到边，太阳从东面的池里出来，落到西面的山坡下面。"马融《广成颂》说:"天地相连,无边无际,太阳从东面出来,月亮从西面山坡升起。"扬雄《羽猎赋》说:"太阳、月亮在这里升起落下,天和地合在一起。"张衡《西京赋》说:"太阳、月亮在这里升起又落下,好像在扶桑和濛汜。"这些夸张的描绘和渲染,五家好像一样。诸如此类,无不互相沿袭的。必须错综变化而有继承有革新,才算得上是变通。

因此规划文章的总纲,应该着眼大的方面。首先广泛浏览并精细研读,抓住大纲加以吸取,然后开拓大路,掌握关键,这才能够拉长缰绳跑远路,从容驾驭,凭着真实感情来求会通,乘着旺盛气势来应变革。文采像长虹在高拱,光芒像朱鸟在鼓翅,这才是卓越的作品。倘使局限于片面的理解,偏激于一己的见识,这好比在院子里打着圈跑马,哪里是在万里长途上奔驰呢!

赞道:文章规律运转不停,成就要月异日新。变化才能够久在,会通才不会疲贫。适应时代需要果断,抓住时机不应懦怯。看准当前趋势来写出奇作,参酌古人遗制来确定法则。

定势第三十

"定势"是确定文章的体势,即按照文章的内容来确定文体,按照文体来确定风格。"因情立体",即按照文章的情理来确立文体;"即体成势",即就文体来构成风格。比方用弩机来发射,箭就笔直射出去;溪身曲折,溪水就回旋。这是势,势的直射或回旋,是弩机和溪身造成的。作品的风格,是作品的内容和文体所自然形成的。刘勰在《体性》里讲到作品的八种风格,要求作家学习这些风格,在合适的场合运用。在这篇里,他进一步把文体与风格的关系作了论述,指出什么样的文体需要什么样的风格,这更进一步说明学会各种作品风格的必要。学会了,可以根据内容来确定文体,根据文体来确定风格。

在这篇里,他提到"势有刚柔,不必壮言慷慨,乃称势也",可以补《体性》的不足。《体性》没有提到刚、柔两种风格。这里又提到柔也有势,是新的提法。在这篇里,他还是着眼在纠正当时讹势,即颠倒文句。这种颠倒文句,出于"反正为奇",所以是要不得的。他并不反对新奇,他主张"执正以驭奇",反对"逐奇而失正"。

他主张作家要兼通奇正,善用刚柔,然后可以根据不同的内容,选用不同的表达法。或刚或柔,或运用其他的风格,这一切都出于自然。他讲"定势",说明作品从内容到文体到风格,一切出于自然罢了。

夫情致异区,文变殊术,莫不因情立体,即体成势也。势者,乘利而为制也。如机发矢直①,涧曲湍回②,自然之趣也。圆者规体③,其势也自转;方者矩形④,其势也自安:文章体势,如斯而已。

是以模经为式者,自入典雅之懿⑤;效《骚》命篇者,必归艳逸之华⑥;综意浅切者,类乏酝藉⑦;断辞辨约者,率乖繁缛:譬激水不漪⑧,槁木无阴,自然之势也。

【注释】

① 机:古代一种弩箭,用简单的机械来发射。② 涧:山溪。湍:急流。③ 规体:犹圆形。规:圆规,指圆。④ 矩形:犹方形。矩:画方用的工具。⑤ 懿:美。⑥ 逸:高超,卓越。⑦ 类:大都。⑧ 漪:微波。

是以绘事图色,文辞尽情,色糅而犬马殊形①,情交而雅俗异势②。熔范所拟③,各有司匠④,虽无严郛⑤,难得逾越。然渊乎文者,并总群势:奇正虽反,必兼解以俱通;刚柔虽殊,必随时而适用。若爱典而恶华,则兼通之理偏,似夏人争弓矢,执一不可以独射也⑥;若雅郑而共篇⑦,则总一之势离,是楚人鬻矛誉楯,两难得而俱售也⑧。

【注释】

① 色糅:色彩糅杂,指调配色彩。② 情交:不同感情的交替。③ 熔范:铸器的模子,指写作范本。④ 司匠:主管的匠人,犹师承。⑤ 郭:犹划界的城墙。⑥ "似夏人争弓矢"二句:据《太平御览》卷三四七引《随巢子》载:"一人曰:吾弓良,无所用矢。一人曰:吾矢善,无所用弓。羿闻之曰:矢非弓,何以往?弓非矢,何以中的?令合弓矢而教之射。"⑦ 郑:郑声,浮靡的音乐。⑧ 鬻(yù):卖。楯:同"盾",盾牌。《韩非子·难一》载,有一个卖盾与矛的楚人,先吹嘘他所卖的盾很坚固,"物莫能陷也"。又吹嘘他的矛曰:"吾矛之利,于物无不陷也。"有人问他:"以子(你)之矛陷子之盾何如?"楚人语塞,不知道怎样回答了。

是以括囊杂体①,功在铨别②,宫商朱紫,随势各配。章表奏议,则准的乎典雅③;赋颂歌诗,则羽仪乎清丽④;符檄书移⑤,则楷式于明断;史论序注,则师范于核要;箴铭碑诔⑥,则体制于弘深;连珠七辞⑦,则从事于巧艳:此循体而成势,随变而立功者也。虽复契会相参⑧,节文互杂⑨,譬五色之锦,各以本采为地矣⑩。

【注释】

① 括囊:收束在袋子里,指包罗。② 铨:衡量。③ 准

的:准则,以为准则。④ 羽仪:羽毛可以做仪表、模范,此处意谓以为模范。⑤ 符:符命,歌颂帝王的文章。檄(xí):讨伐的文辞。书:书信。移:责备对方的文书。⑥ 箴(zhēn):文体名,是规劝性的文辞。铭:刻在器物上记功或自警的文辞。诔(lěi):哀悼死者的文辞。⑦ 连珠:文体名,是用各种比喻来说明道理,各种比喻美妙得像串连的珠子。七辞:即"七"体,用七件事来说明用意,如枚乘《七发》。⑧ 契会:契约、时会。⑨ 节文:礼的节目和仪文,都用来比文章的体裁、风格。⑩ 本采为地:锦缎本色作底子,本色不同,好比各体的风格也各不同。

桓谭称:"文家各有所慕,或好浮华而不知实核,或美众多而不见要约。"①陈思亦云②:"世之作者,或好烦文博采,深沉其旨者;或好离言辨白③,分毫析厘者;所习不同,所务各异④。"言势殊也。 刘桢云⑤:"文之体势实有强弱⑥,使其辞已尽而势有余,天下一人耳,不可得也。"公干所谈,颇亦兼气。 然文之任势,势有刚柔,不必壮言慷慨,乃称势也。 又陆云自称⑦:"往日论文,先辞而后情,尚势而不取悦泽⑧;及张公论文⑨,则欲宗其言⑩。"夫情固先辞,势实须泽,可谓先迷后能从善矣。

【注释】

① 桓谭:东汉初年学者,他的话可能是《新论》的佚文。② 陈思:陈思王曹植,其引语无考。③ 离言:犹断句。

辨白：辨别。④ 务：致力。⑤ 刘桢：字公干，其引语无考。⑥ 文之体势实有强弱：原作"文之体指实强弱"，今据杨明照《文心雕龙校注拾遗》改。体势：指文体和文势。⑦ 陆云：西晋作家，引文见于他给陆机的信。⑧ 悦泽：美好的色彩。⑨ 张公：西晋作家张华。⑩ 宗：归向，取法。

　　自近代辞人，率好诡巧①，原其为体，讹势所变②。厌黩旧式③，故穿凿取新，察其讹意，似难而实无他术也，反正而已。故文反"正"为"乏"④，辞反正为奇。效奇之法，必颠倒文句⑤，上字而抑下⑥，中辞而出外，回互不常⑦，则新色耳。

【注释】

　　① 率：大率，大抵。诡：反常。② 讹：伪的，错误的。③ 黩：厌烦。④ 反"正"为"乏"：篆文"乏"作"正"，"正"字之反。⑤ 颠倒文句：如鲍照《石帆铭》"君子彼想"即"想彼君子"，把上面的字放在下面。江淹《恨赋》"孤臣危泪，孽子坠心"实是"坠泪"、"危心"，故意把中间的两个词颠倒一下。⑥ 抑：压。⑦ 回互：曲折，指颠倒。

　　夫通衢夷坦①，而多行捷径者②，趋近故也；正文明白，而常务反言者，适俗故也。然密会者以意新得巧③，苟异者以失体成怪④。旧练之才，则执正以驭奇；新学之锐，则逐奇而失正；势流不反，则文体遂弊。

秉兹情术,可无思耶?

【注释】

① 夷:平。② 捷径:近便的小路。③ 密会:深切地懂得。④ 苟异:苟且。

赞曰:形生势成①,始末相承。 湍回似规,矢激如绳。 因利骋节②,情采自凝③;枉辔学步,力止寿陵④。

【注释】

① 形生势成:势跟着形,形圆的势必流转,形方的势必安定。② 骋节:有节度地驰骋,比喻按照正确方法写作。③ 凝:指结合。④ 枉辔:指走冤枉路。枉,歪曲;辔,马缰绳。学步:《庄子·秋水》说,寿陵有个孩子,到赵国都城邯郸去学人家的步法,没有学会,却把自己的步法忘了,只好爬回来。寿陵:燕国的城邑。

【翻译】

情趣各不相同,文章技法也各有变化,没有不是依照情思来确定体制,就着体制来形成势的。这种势,是顺着便利而自然形成的。好像弩机一发,箭就笔直地射出去;溪身曲折急流就回旋,是自然的趋向。圆的形体合乎圆规,它的势自然转动;方的形体合乎矩尺,它的势自然安定:文章体势的关系就是如此。

因此模仿经典作法式的,自然具有典雅之胜;仿效《离骚》来创作的,一定入于艳逸之美;命意浅显切近的,大都缺少含蓄;措辞清晰简明的,大抵难于富繁:好比冲激的水不会有微波,干枯了的树不会有浓阴,是自然的趋势。

因此绘画要讲究着色,文辞要尽量表达感情;颜色糅杂构成狗马不同的形状,感情交错具有雅俗不同的体势:模拟范本各有师承,虽然没有严格的界限,却很难逾越。然而深入文章的人,都善于综合各种体势:奇变和正规虽然相反,必能融会贯通;刚健和柔婉虽然不同,必能随时适用。要是爱好典雅而憎恶华美,就偏离通的原理,好像夏朝人争论弓和箭哪个重要,不知道光拿着其中的一样都不能发射;要是典雅和浮靡合在一篇,就破坏了统一的体势,如同楚国人既赞矛好又赞盾好,弄得两样东西都难以卖掉。

因此总括各种体裁,要善于衡量辨别,好比音乐有宫商,色彩有朱紫,要随着体势来加以调配。像章表奏议,便以典雅为标准;赋颂歌诗,便以清丽为规范;符檄书移,便以明断为楷模;史论序注,便以核要为师范;箴铭碑诔,体裁要求广大精深;连珠七辞,尽量要求巧妙华艳:这都是依照体裁构成文势,适应变化而收到功效。尽管原则和时机互相关联,节目和仪文互相夹杂,但好比五色的锦绣,还得各自用本色作底子。

桓谭说:"作家各有爱好,有的爱好浮华而不知道核实,有的爱好繁多而不知道简要。"曹植也说:"世上的作家,有的爱好博采繁文,命意深沉;有的喜欢字斟句酌,剖析毫厘;习尚不同,致力有异。"说明体势有种种区别。刘桢说："文章的体势确有强弱,要是话已经完了文势还很有力,那是天下独一无二,是不可能得到的。"刘桢讲的也兼包文气。不过文章任着体势,体势确有刚健有柔婉,不一定豪言壮语、意气慷慨,才算有势。陆云自称："从前评论文章,首先注重辞,然后考虑情,看重体势而不注意色泽;等到听了张华论文,才转而信从。"其实情本来比辞重要,势真的需要润饰,陆云可以说起初糊涂后来能接受好意见了。

近代以来的作家,大都爱好奇巧,考求他们文章的体势,是由错误趋势所造成。厌弃旧有的形式,所以牵强地追求新奇。这种错误,似乎难于理解,其实并没有什么,只是违反正常罢了。就文字讲,把"正"反写成"乏"字;就文辞说,正常的反面便是新奇。仿效新奇的写法,必然颠倒字句,把上面的字拉到下面,把中间的词放到外边,如此颠倒不定,便算有新奇的色彩而已。

大路平坦,却多走小路的人,为得是贪走近路;正常讲话意思明白,却常说反话,为得是迎合世俗。然而深通写作的因用意新颖而巧妙;但求立异的因体裁不合而怪异。熟悉旧体裁的依照正常来驾驭新奇,迎合新风气的追求新奇而违反正常;趋势发展不想回头,文章体裁便会败坏。要掌握这种情势和方法,可以不经过深思吗?

赞道:形体产生则势就构成,这两者始终相关相承。急流回旋像圆转,飞箭射出像直绳。趁势而有节度地驰骋,文情和辞采自然相凝;走弯路乱学别人,要失败得像寿陵。

情采第三十一

"情"指情理,"采"指文采。刘勰跟当时人不同,当时人认为圣贤的文辞是"言"而不是"文"(见《总术》),即没有文采。他认为圣贤文辞"精理为文,秀气成采"(见《征圣》),是有文采的。因此他讲情采有两种:一种如水上的微波,相当于"精理"、"秀气",相当于"巧笑倩兮,美目盼兮",女方是美的,一笑一盼光彩照人,这是一种文采,好比精理秀气的光彩照耀所构成的文采。一种是犀兕皮加上丹漆,铅粉胭脂的化妆,是外加上去的文采。他说的"文采所以饰言",是外加上去的装饰;"辩丽本于情性",是精理秀气所构成的文采。比较起来,后者更为可贵。

因此他提出"为情造文",即情理本身所具有的文采;"为文造情",即外加装饰所构成的文采。"为情造文"要写真情;"为文造情"不免虚假。这样"为情"转到写真实的感情。他进一步提出"言隐荣华",即以情理为主,怕讲究外加上去的文采反而把情理淹没了,所以说美人穿了锦绣衣裳却要加上麻布罩袍,目的是使光彩照人的一笑一盼不会被锦衣绣裳的光彩所掩盖。这种"恶文太章",也是要突出情理的意思。

这篇里讲到的三种文,即形文、声文、情文,是就骈文而讲的。骈文要讲对偶辞藻,是形文;要讲音律,是声文;要表达情理,是情文。最后归结到"繁采寡情"的不可,还是要以情理为主,通过精理秀气来突出文采的。

圣贤书辞,总称"文章"①,非采而何? 夫水性虚而沦漪结②,木体实而花萼振③:文附质也④。虎豹无文,则鞟同犬羊⑤;犀兕有皮⑥,而色资丹漆⑦:质待文也。若乃综述性灵,敷写器象⑧,镂心鸟迹之中⑨,织辞鱼网之上⑩,其为彪炳⑪,缛采名矣⑫。

【注释】

① 文章:这里不是指作品,"文"是有条理,"章"是有色彩,就是文采鲜明的意思。② 沦漪(yī):水上微波。③ 萼:花托,在花的最外部,多作绿色。振:开放。④ 文附质:文依附于质。这里的"文"指辞采,"质"指情思;"文"指形式,"质"指内容。⑤ 鞟(kuò):没有毛的皮革。⑥ 犀兕(xī sì):形似牛,犀是雄的,兕是雌的。犀牛皮、兕牛皮,古代用来作甲胄,漆上色彩。⑦ 资:凭借。⑧ 敷写:描写。敷,铺叙。⑨ 鸟迹:指文字。许慎《说文解字·序》说,苍颉看了鸟迹兽蹄创造文字。⑩ 鱼网:《后汉书·蔡伦传》说,蔡伦用渔网作纸。⑪ 彪炳:光彩。⑫ 名:显著。

故立文之道①,其理有三:一曰形文,五色是也;二曰声文,五音是也;三曰情文,五性是也②。五色杂而成黼黻。五音比而成韶、夏③,五情发而为辞章,神理之数也。

《孝经》垂典④,丧言不文⑤;故知君子常言,未尝质也。老子疾伪⑥,故称"美言不信";而五千精妙,则非弃美矣。庄周云"辩雕万物"⑦,谓藻饰也。韩非云"艳采辩说"⑧,谓绮丽也。绮丽以艳说,藻饰以辩雕,文辞之变,于斯极矣。

【注释】

① 文:这个文是广义的,包括颜色,指形文;音乐,指声文;情理,指情文。② 五性:指仁、义、礼、智、信。③ 比:配合。韶(sháo)夏:古代乐曲。韶,舜乐。夏,夏乐。④ 垂:传下来。典:合于法度的话。⑤ 丧言:居父母丧时的话。《孝经·丧亲》:"言不文。"⑥ 疾:憎恶。⑦ 辩:巧言。原文见《庄子·天道》。⑧ 艳采辩说:《韩非子·外储说左上》作"艳乎(于)辩说"。

研味《孝》、老,则知文质附乎性情;详览庄、韩,则见华实过乎淫侈。若择源于泾渭之流①,按辔于邪正之路,亦可以驭文采矣。夫铅黛所以饰容②,而盼倩生于淑姿③;文采所以饰言,而辩丽本于情性。故情者文之经,辞者理之纬④;经正而后纬成,理定而后辞畅:此立文之本源也。

【注释】

① 泾渭：泾水、渭水。泾水浊，渭水清，在两水汇合时才显现出来，所以要从源头上去分。② 铅：铅粉。黛：黛石，青黑色颜料，画眉用。③ 倩：状巧笑。《诗·卫风·硕人》："巧笑倩兮，美目盼兮。"淑：美好。④ "情者文之经"二句：这两句中的情和理是互文，即情里兼包理，理里兼包情。

昔诗人什篇，为情而造文；辞人赋颂，为文而造情。何以明其然？盖风雅之兴，志思蓄愤，而吟咏情性，以讽其上，此为情而造文也；诸子之徒①，心非郁陶②，苟驰夸饰，鬻声钓世③，此为文而造情也。故为情者要约而写真，为文者淫丽而烦滥。而后之作者，采滥忽真，远弃风雅，近师辞赋，故体情之制日疏④，逐文之篇愈盛。

故有志深轩冕⑤，而泛咏皋壤⑥，心缠几务⑦，而虚述人外⑧。真宰弗存⑨，翩其反矣⑩。夫桃李不言而成蹊⑪，有实存也；男子树兰而不芳⑫，无其情也。夫以草木之微，依情待实，况乎文章，述志为本。言与志反，文岂足征？

【注释】

① 诸子：指辞赋家。② 郁陶（yáo）：感情郁积。③ 鬻：卖。④ 体：体现。制：作品。⑤ 轩冕：坐车和戴礼帽，是大官的排场。轩：有屏藩的车。冕：礼帽。⑥ 皋壤：水边的原

野,指田园。⑦ 几务:万几之事,万几指朝廷上各种政务。几,细微,言要注意细微处。⑧ 人外:世外。⑨ 真宰:内心的真情。宰,主。⑩ 翩其反矣:本指花的翻动。翩其:形容翻动。反:翻,这里指相反。⑪ "桃李"句:见《史记·李广传》。⑫ "男子"句:见《淮南子·缪称训》。这里是借来作比喻用。

　　是以联辞结采,将欲明理;采滥辞诡,则心理愈翳①。固知翠纶桂饵②,反所以失鱼。"言隐荣华"③,殆谓此也。是以"衣锦褧衣"④,恶文太章;"贲"象穷白⑤,贵乎反本。夫能设模以位理⑥,拟地以置心⑦,心定而后结音,理正而后摛藻;使文不灭质,博不溺心。正采耀乎朱蓝⑧,间色屏于红紫⑨;乃可谓雕琢其章,彬彬君子矣⑩。

【注释】

　　① 翳:障蔽。② 纶:钓丝。桂:肉桂,一种珍贵食物。③ 言隐荣华:见《庄子·齐物论》。隐:隐没。④ 衣锦褧(jiǒng)衣:在锦绣上加上罩衫。语见《诗经·卫风·硕人》。衣,动词,穿上。褧衣,麻布罩衫。⑤ "贲"象穷白:《易经·贲卦》的"贲"是文饰意,可是它的象却归于白色。穷,探索到底。白,本色。⑥ 模:模范,指体裁。⑦ 地:底子。文章的润饰文采,好像在白底子上着色。⑧ 正采:正色,为青、赤、黄、白、黑。⑨ 间色:杂色,为绀红、縹紫、流黄。屏:弃。⑩ 彬彬:形容有文有质。彬彬君子:见《论

语·雍也》:"文质彬彬,然后君子。"

赞曰:言以文远,诚哉斯验。心术既形,兹华乃赡。吴锦好渝①,舜英徒艳②。繁采寡情,味之必厌。

【注释】

① 渝:变。② 舜英:木槿花,朝开暮落,所以这里说"徒艳"。

【翻译】

圣贤写的东西,都叫做"文章",不是具有文采就不会这么讲。水性虚而有波纹,木体实而会开花:这是文依附于质。虎豹如果没有纹采,皮就同狗羊一样;犀兕有皮,要色彩还得朱漆:这是质还需要文。至于抒写性灵,描摹形象,在字句上用心琢磨,组织好文辞写在纸上,所以能够光辉照耀,就由于文采重而显啊!

所以构成文采的方法,共有三种:第一种是形文,是由青、黄、赤、白、黑五色构成的;第二种是声文,是由宫、商、角、徵、羽五音构成的;第三种是情文,是由仁、义、礼、智、信五性构成的。五色调布成花纹,五音配合成《韶》和《夏》,五性抒写成辞章,这是神理所制定的。

《孝经》传下教训,居丧中说话不需要文采;可见君子平常说话不是质朴的。老子厌恶虚伪,所以称"漂亮的话靠不住";可是他的著作《道德经》五千字都极精妙,可见他也并不厌弃文采。庄周说"用巧妙的话来细致地刻画万物",是说要用辞藻来修饰。韩非说"辩说在于艳丽",是说要讲华丽。用华丽文辞来辩说,用辞藻修饰来描绘,文辞的变化,在这里算达到极点了。

研究体味《孝经》、老子的话,便知道文采和质朴依附性情;细看庄子、韩非的话,便看到文辞和内容过于浮夸。要是能够从源头上分清泾、渭之水,在驾驭上辨别邪正之路,也就可以控制文采了。像花粉、黛石可用来美化容貌,可是顾盼生情却依靠美好的丰姿;辞藻可用来美化语言,而文采照耀却依靠性情的真挚。所以情理是文章的经线,文辞是情理的纬线;经线正了纬线才能织上,情定了文辞才能畅达:这是写作的本源。

从前诗人的篇章,是为了情而造文;辞人的赋颂是为了文而造情。凭什么知道这样呢?国风大、小雅的兴起,是有情志怀忧愤,把感情唱出来,用来讽刺在上位的人,这是为了情而造文;辞人心里没有激情,随便夸张粉饰,沽名钓誉,这是为了文而造情。所以为情的语言简要而写得真实;为文的文辞浮华而杂乱虚夸。但是后来的作家,学习虚夸忽略真实,抛弃古时的国风大、小雅,效法近代的辞赋,所以体现真情的作品日见稀少,追求辞藻的作品愈见盛行。

所以有人热衷高官厚禄,却泛唱田园;有人牵挂繁忙政务,却空说世外。没有真情,适得其反。桃李虽不说话而树下被踩成小路,是因为结有果实;男子种兰而花不香,是因为没有真情。草木那样渺小,还要依靠真情、凭借果实,何况文章以言志为本,倘说的和志相反,文章怎能取信?

因此组织文辞结集藻采,是要用来明理。要是藻采浮华,文辞诡异,那心志情理愈受到掩蔽。真像用翠羽钓丝和肉桂鱼食,反而钓不到鱼。所谓"话里的真意被辞采掩蔽",大概指的就是这种情况。因此"穿了锦绣衣裳要外加罩衫",怕的是文采过于显耀;《贲卦》的卦象到头来是白的,重在保持本色。要是能够建立规范来位置理,准备底子来安置心,心定然后配上音律,理正然后运用辞藻;使得文采不掩盖质,广博不淹没心,使赤和蓝这些正色光彩照耀,把红和紫这些杂色加以摒弃,这才可算得善于修饰文章,像文质彬彬的君子了。

赞道:语言靠文流传久远,这话确实应验。内心的情思既已显露,文采才显得华赡。吴地锦绣容易变色,木槿花徒然红艳。辞采虽多而缺少感情,体会起来一定生厌。

总术第四十四

《总术》放在创作论的最后,是作为文体论、创作论的总结。在《文心雕龙》中,文体论按照当时的议论,分为文笔:有韵的称文,无韵的称笔,这两类都是有文采的。颜延之认为,没有文采的称言,因此经书(除《诗经》)、史书、子书都属言。不仅颜延之这样看,萧统编《文选》也这样看,所以《文选》里对经、史、子都不选,只选"赞论之综辑辞采,序述之错比文华",即史部中的赞论序述有辞采文华的才选。刘勰的看法跟他们不同,《征圣》称"精理为文,秀气成采",经、史、子中有精理秀气的都是文,都得讲。现在讲文学史的,讲历史散文、诸子散文,认为经、史、子里也有文学,跟刘勰的说法接近。当然,现在从形象来讲文学,跟刘勰的讲法又有不同,这点在《物色》里讲。

刘勰讲创作论,提出"研术"来,即研究创作方法。创作论里讲的风格,他在这里提出其中有鱼目混珠的毛病要加以防止,这也跟通晓写作技巧有关;再用下围棋作比,说明通晓写作技巧的重要。掌握了写作技巧,才能"因时顺机,动不失正"。不掌握写作技巧,有时碰上,可以写好,但难以为继。又讲到"文体多术,共相弥纶",就文体说,有各种文章的体裁,有各种文章的风格,有各种不同的要求,要互相配合,一方面不协调就会破坏整体。这又说明,讲写作技巧要在多方面注意才行。

　　今之常言,有"文"有"笔"①,以为无韵者"笔"也,有韵者"文"也。夫文以足言,理兼《诗》、《书》,别目两名,自近代耳②。颜延年以为③:"笔"之为体,"言"之文也;经典则"言"而非"笔",传记则"笔"而非"言"。请夺彼矛,还攻其楯矣。何者?《易》之《文言》,岂非"言"文;若"笔"为"言"文,不得云经典非"笔"矣。将以立论,未见其论立也④。予以为发口为"言",属翰曰"笔"⑤,常道曰经,述经曰传。经传之体,出"言"入"笔"⑥,"笔"为"言"使⑦,可强可弱⑧。六经以典奥为不刊⑨,非以"言"、"笔"为优劣也。昔陆氏《文赋》,号为典尽⑩,然泛论纤悉,而实体未该⑪。故知九变之贯匪穷⑫,知言之选难备矣。

【注释】

　　① 今:即下文的"近代",指晋代以后。文:有韵文。笔:无韵文。② "文以足言"四句:按照当时分法,《诗经》押韵是"文",《书经》不押韵是"笔"。按照古代讲,《诗经》、《书经》都是文,不分"文"、"笔"。③ 颜延年:名延之,晋宋间作家。他讲"文"、"笔",把"笔"分为两类,即有文采的叫

"笔",没有文采的叫"言"。④ "将以立论"两句:颜氏认为经书没有文采是"言"。刘氏举出《易经》中有《文言》,《文言》是有文采的,用来驳颜氏。⑤ 属翰曰"笔":原作"属笔曰翰"。属翰:用笔写文。属,缀;翰,笔。刘氏认为语言叫"言",写下的文章叫"笔",与颜氏分法不同。⑥ 出"言"入"笔":指经书是笔不是言。⑦ 使:用。⑧ 可强可弱:强指文采多一些,弱指文采少一些,也就是质一些。⑨ 典:常,常道,指正确规律。⑩ 典:疑当作"曲"。曲,详尽。⑪ 该:即赅,完备。⑫ 九变之贯:变化多端的事。九,指多。贯,事。匪,非。

凡精虑造文,各竞新丽,多欲练辞,莫肯研术。 落落之玉①,或乱乎石;碌碌之石②,时似乎玉。 精者要约③,匮者亦鲜④;博者该赡⑤,芜者亦繁;辩者昭晰⑥,浅者亦露;奥者复隐⑦,诡者亦曲⑧。 或义华而声悴⑨,或理拙而文泽。 知夫调钟未易⑩,张琴实难⑪。 伶人告和⑫,不必尽窕槬之中⑬;动角挥羽⑭,何必穷初终之韵⑮。 魏文比篇章于音乐⑯,盖有征矣。夫不截盘根⑰,无以验利器;不剖文奥,无以辨通才⑱。才之能通,必资晓术,自非圆鉴区域⑲,大判条例,岂能控引情源,制胜文苑哉!

【注释】

① 落落:状玉的美好。② 碌碌:形容石。③ 约:简练。④ 匮:短少。鲜(xiǎn):少。⑤ 赡:富足。⑥ 昭晰(xī):明

白。⑦ 隐:深奥。⑧ 曲:曲折。原作"典",误。⑨ 悴:微弱。⑩ 调钟:古代用编钟,由十六个钟构成,所以敲击时要调整音律。⑪ 张琴:琴弦不调,要重新安装。张,指施弦。⑫ 伶人:音乐师。⑬ 窕槬(tiǎo huà):音的细小和宏大。讲钟音和谐,本于《国语•周语下》和《左传•昭公二十一年》,都是讲周景王铸无射钟的故事。这是说,有时音乐和谐,是偶然碰上的,不一定真能掌握奏乐技巧。"槬"字下原有"桍"字,疑是衍文,故删。⑭ 动角挥羽:原作"动用挥扇",据杨明照先生注改。角、羽,指音调;动、挥,指弹奏。《说苑•善说》篇讲雍门周弹琴,"徐动宫徵,挥角羽,切(初)终而成曲"。⑮ 穷:尽。⑯ 魏文:魏文帝曹丕。《典论•论文》:"文以气为主,气之清浊有体,不可力强而致。譬诸音乐,曲度虽均,节奏同检,至于引气不齐,巧拙有素,虽在父兄,不能以移子弟。"⑰ 盘:弯曲盘绕。⑱ 通才:深通创作方法的人。⑲ 圆鉴:全面考察。区域:指写作的各个方面。

是以执术驭篇,似善弈之穷数①;弃术任心,如博塞之邀遇②。故博塞之文,借巧傥来③,虽前驱有功,而后援难继④,少既无以相接,多亦不知所删,乃多少之并惑,何妍蚩之能制乎⑤? 若夫善弈之文,则术有恒数⑥,按部整伍,以待情会⑦,因时顺机,动不失正⑧。数逢其极⑨,机入其巧,则义味腾跃而生,辞气丛杂而至。 视之则锦绘,听之则丝簧⑩,味之则甘腴⑪,佩之则芬芳:断章之动⑫,于斯盛矣。

【注释】

① 弈:下围棋。数:技巧。② 博塞:古赌博名,分五道赌胜负。掷琼(犹骰子)的称博,不掷的称塞。③ 傥来:意外得来。④ 前驱、后援:犹前面、后面。前面偶然碰上,但后面难继,一文中前后不统一。⑤ 妍蚩:美丑。⑥ 恒数:一定方法,一定变化。⑦ 情会:情思会合。⑧ 动:每,往往。⑨ 极:中正。⑩ 丝:弦乐器。簧:有簧的乐器,如笙。⑪ 腴(yú):肥美。⑫ 断章:裁断篇章,指写作。

夫骥足虽骏,缰牵忌长①。 以万分一累,且废千里。 况文体多术,共相弥纶②,一物携贰③,莫不解体。 所以列在一篇④,备总情变;譬三十之辐⑤,共成一毂⑥,虽未足观,亦鄙夫之见也!

【注释】

① 缰(mò):缰绳。《战国策·韩策三》载,王良的学生驾着千里马,却跑不了千里路。造父的学生对他说:"你的缰绳太长。"缰绳长是万分之一的小问题,却妨碍跑千里路。② 弥纶:组合。③ 携贰:不协调。④ 一篇:刘勰把全书分为上篇、下篇,这里指下篇。⑤ 辐(fú):车轮中的直木。⑥ 毂(gǔ):众辐会聚的车轮中心圆木。

赞曰:文场笔苑,有术有门。 务先大体,鉴必穷源。乘一总万,举要治繁。思无定契①,理有恒存。

【注释】

① 契:契约,指规则。

【翻译】

今人常常说:文章有"文"有"笔",认为无韵的是"笔",有韵的是"文"。文是用来丰富语言的,照理应该既包括《诗》又包括《书》;分成"笔"和"文"两种名称,是近代的事情。颜延年认为:"笔"这种文体,是有文采的"言",经典是"言"而不是"笔",传记是"笔"而不是"言"。现在请借用他的矛,转过来攻击他的盾。怎么说呢?《易》里有《文言》,难道不是有文采的"言"吗?要是"笔"是有文采的"言",便不能说经典不是"笔"了。用它来立论,实在看不到这个论能成立。我认为说出来的是"言",写出来的是"笔",讲恒久不变的道理的是经,解释经的是传。经和传的体制,脱离"言"而进入到"笔","笔"受"言"的驱使,文采可多可少。六经是因正确深奥而不可变动,并非用"言"和"笔"来定优劣。从前陆机的《文赋》,号称详尽,但只泛论琐细,对主要文体谈得不完备。由此可见文体的变化无穷,而懂得这种变化的又实在难得。

凡是精心写文章的,都以新颖辞藻相竞,多在练辞上下功夫,而不肯研究方法。光润的玉,有时和石相混;而洁白的石,有时和玉相似。精炼的写得扼要简短,而贫乏的也写得篇幅短少;渊博的写得完备详尽,芜杂的也写得辞句繁多;辨析的写得明白,浅薄的也写得显露;深入的写得精奥,怪异的也写得曲折。有的意义美好而缺乏声情,有的命意拙劣而文辞光润。由此可知协调钟声并不容易,要谐和琴音实在困难。乐师说音调谐和了,不一定都是音的大小高低恰到好处;乐师弹出各种音调,哪能一定从头到尾都合乎韵律。魏文帝用音乐来比篇章,应是有根据的。不截断盘结的树根,无从检验斧子的锋利;不分析文章的奥妙,无从辨别是否具有精通创作的才能。能够精通创作之才,一定靠懂得方法,除非能做全面的鉴察,分析各种条理和例证,哪能控制情理,在文坛上取得优胜!

因此掌握技巧来驾驭篇章,好像善于围棋的深通棋术;抛弃技术任凭主观,好像赌博的在碰运气。所以像赌博那样写的文章,只靠运气偶然碰上,前面这样做虽有功效,后来的却难以继续。写少了既不知怎样补充,写多了也不知怎样删削,多了少了都感到迷惑,怎么能掌握文章的好坏?至于像善于围棋那样写作,那技巧有一定的变化,按部就班,等待情理酝酿成熟,顺着时机,任何时候都不离开正轨。技巧运用得很好,时机又是巧合,那意义和情味会跳跃般涌现出来,辞采和气势也蜂拥到来。看起来像织锦彩绘,听起来像合奏丝簧,品味起来甘美丰腴,玩赏起来气味芬芳:裁断篇章的功效,这就算最大的了。

千里马虽然跑得快,但缰绳忌太长。缰绳长只是万分之一的小缺点,尚且妨碍跑千里,何况文章的各种体裁有各种要求,讲创作理论需要共同配合,一个方面不协调,就会破坏整体。所以把讲创作理论的文章安排在下篇,全面地总结各种情理变化;好比车轮中的三十条横木,一起合在车毂上组成一个轮子,虽然不值得称美,也算是浅陋者的一得之见吧！

赞道：在文笔的园地里，既有技巧又有门径。首先致力根本，观察探索源头。抓住一点，总揽万千，举其要者，理顺繁杂。文思虽然没有定规，原理却永远存在。

时序第四十五

《时序》是讲历代文学的演变,提出"文变染乎世情,废兴系乎时序"的文学演变规律。刘勰在这篇里说明两个问题:一是历代文学是怎样演变的,二是历代文学演变的原因。

先说历代文学演变的原因:一、政治教化的作用。他认为治世的歌不怨不淫,乱世的歌怒而且哀,是风动于上,波震于下。二、学术风气的影响。《楚辞》受纵横家游说夸张的影响;东晋崇尚玄言,所以有玄言诗。三、文学作品的继承和发展。屈宋艳说则笼罩雅、颂,西汉辞人祖述《楚辞》。四、君主的提倡。汉武帝润色鸿业,辞藻竞骛;魏武帝父子雅爱诗章,体貌英逸,故俊才云蒸。五、时代风气的影响。建安文学雅好慷慨,良由世积乱离,风衰俗怨。六、天才的杰出成就。刘邦《大风》、《鸿鹄》之歌,亦天纵之英作也。

在这里,有三点意见是杰出的:一是讲作品受政治教化的影响,显出刘勰对作品跟政教和社会生活的关系是有认识的。二是讲作品受世情的影响,有积极的,像《楚辞》受纵横诡俗的影响而发展;有消极的,像玄言诗受玄学的影响而与时代脱节。三是反映时代风貌的杰出成就,如论建安文学。

再说他论述文学演变的规律,提出"世情"和"时序",如玄学的影响玄言诗,纵横诡俗的影响《楚辞》,即是世情。如建安文学的成就即跟反映时代风气有关。当然世情和时序还有其他方面,上举两点是主要的。刘勰在当时要探讨这样的重大问题,是了不起的。

时运交移①,质文代变②,古今情理,如可言乎。昔在陶唐③,德盛化钧④,野老吐"何力"之谈⑤,郊童含"不识"之歌⑥。有虞继作,政阜民暇⑦,熏风诗于元后⑧,"烂云"歌于列臣⑨。尽其美者何?乃心乐而声泰也⑩。至大禹敷土⑪,九序咏功⑫,成汤圣敬⑬,"猗欤"作颂⑭。逮姬文之德盛⑮,《周南》勤而不怨⑯;大王之化淳⑰,《邠风》乐而不淫⑱。幽厉昏而《板》、《荡》怒⑲,平王微而《黍离》哀⑳。故知歌谣文理,与世推移,风动于上,而波震于下者㉑。

【注释】

① 运:气运,风气。交移:如《通变》"黄唐淳而质"到"虞夏质而辨",即是。② 质文:质朴和文华,朴实和文采。③ 陶唐:尧号陶唐氏。④ 钧:均。⑤ 野老吐"何力"之谈:《论衡·艺增》载,传曰:"有年五十击壤(一种玩具,木制,像鞋)于路者。观者曰:'大哉,尧德乎!'击壤者曰:'吾日出而作,日入而息,凿井而饮,耕田而食,尧何等力?'"

⑥ 郊童含"不识"之歌:《列子·仲尼》篇说:"儿童在康衢(大路)唱童谣:'不识不知,顺帝(天)之则。'"含:衔,指不停地在嘴里唱。⑦ 阜:盛。⑧ 熏风诗于元后:相传虞舜唱《南风歌》,有"南风之熏兮"句,见伪书《孔子家语·辩乐解》。诗,疑作"咏"。⑨ 烂云:指《卿云歌》。⑩ 泰:安舒。⑪ 敷土:平治水土,一作划分土地,即分为九州。敷:分布。⑫ 九序:见《原道》注。⑬ 成汤:商汤的谥号叫成。⑭ "猗(yī)欤"作颂:《商颂·那》篇赞美汤,说"猗与(欤)那(nuó)与"(美啊多啊)。⑮ 逮:及。姬文:周文王姓姬。⑯ 《周南》:《诗经》中国风之一,在周的南面地区的民歌。⑰ 大(太)王:周文王的祖父。⑱ 《邠(bīn)风》:同《豳风》,《诗经》中国风之一。邠,在陕西栒(xún)邑。⑲ 幽厉昏而《板》、《荡》怒:《诗·大雅》中的《板》、《荡》都是讽刺周厉王的,这里说"幽厉",因幽王、厉王都使政治昏乱,历史上往往并称。⑳ 平王微而《黍离》哀:幽王时犬戎进攻,西周灭亡。平王东迁洛邑(洛阳),周朝衰弱。周大夫重过西周京城,看到宫室变成田地,长起禾黍,因作《黍离》诗来哀悼。㉑ 风动于上:指诗歌受朝廷的政治的影响。而波震于下者:"者"字后疑脱"也"字。

春秋以后,角战英雄①,六经泥蟠,百家飙骇②。方是时也,韩、魏力政③,燕、赵任权;五蠹六虱④,严于秦令;唯齐、楚两国,颇有文学⑤,齐开庄衢之第⑥,楚广兰台之宫⑦,孟轲宾馆⑧,荀卿宰邑⑨;故稷下扇其清风⑩,兰陵郁其茂俗⑪,邹子以谈天飞誉⑫,驺奭以雕龙驰响⑬,屈平联藻于日月⑭,宋玉交彩于风云⑮。观其艳说,则笼罩雅颂。故知晔晔之奇意⑯,出乎纵横之诡俗也⑰。

【注释】

①角:较量胜败。英雄:指强国。②泥蟠:屈在泥里。飙:暴风。③力政:力征。④五蠹六虱:见《诸子》注。⑤文学:指学术文化。⑥庄衢:四通八达的大路。第:分等级的大房子。⑦兰台之宫:相传在今湖北钟祥市。⑧孟轲宾馆:孟子作为齐国客卿,由政府供养,设置住宅。⑨荀卿宰邑:荀子在楚国做兰陵(在今山东苍山县西南)令。宰:主宰。⑩稷下:齐国京城的稷门下,在今山东淄博市临淄区。⑪郁:积。茂:美。⑫邹子以谈天飞誉:邹衍的话极夸大,推求天地未生以前,所以当时人称他为"谈天衍"。⑬驺奭(shì)以雕龙驰响:驺奭的话很有文采,人称"雕龙奭"。⑭屈平:屈原名平。⑮宋玉交彩于风云:宋玉有《风赋》,又有《高唐赋》,是写朝云的。⑯晔晔:光彩照耀。⑰纵横之诡俗:纵横家游说的风气。

爰至有汉①,运接燔书②,高祖尚武,戏儒简学③,虽礼律草创④,《诗》、《书》未遑⑤,然《大风》、《鸿鹄》之歌⑥,亦天纵之英作也⑦。施及孝惠⑧,迄于文景⑨,经术颇兴,而辞人勿用;贾谊抑而邹、枚沉⑩,亦可知已。逮孝武崇儒⑪,润色鸿业⑫,礼乐争辉,辞藻竞骛⑬:柏梁展朝谳之诗⑭,金堤制恤民之咏⑮，征枚乘以蒲轮⑯，申主父以鼎食⑰，擢公孙之对策⑱，叹倪宽之拟奏⑲，买臣负薪而衣锦⑳，相如涤器而被绣㉑。于是史迁、寿王之徒，严、终、枚皋之属㉒，应对固无方，篇章亦不匮㉓，遗风余采，莫与比盛。

【注释】

① 爰：发语词。有：助词。② 运：时运。燔(fán)：烧。③ 简：怠慢。史载汉高祖曾把儒生的帽子摘下来往上撒尿。④ 礼律草创：汉初，叔孙通起草礼仪，萧何起草法律。⑤ 遑：暇。⑥《大风》、《鸿鹄》之歌：汉高祖胜利还乡时作歌，有"大风起兮云飞扬"句。他想要废掉太子刘盈，改立幼子如意，看到商山四位老人出来辅佐刘盈，说他羽翼已成，不能废掉了，因此作歌，有"鸿鹄高飞，一举千里"之句。⑦ 天纵：即天使他这样。⑧ 施：延。孝惠：汉惠帝刘盈，高祖子。汉朝以孝治天下，所以称孝。⑨ 迄：到。文：汉文帝刘恒，高祖子。景：汉景帝刘启，文帝子。⑩ 贾谊抑而邹、枚沉：贾谊要改革汉朝制度，遭大臣反对，被贬为长沙王太傅；邹阳在梁国，被谗下狱；枚乘在吴国、梁国作客，也曾在汉朝做小官，很不得志。⑪ 孝武：汉武帝刘彻，景帝子。⑫ 润色：修饰。鸿：大。⑬ 骛(wù)：奔驰。⑭ 柏梁展朝讌之诗：相传汉武帝与群臣在柏梁台上联句。讌，同"宴"。⑮ 金堤：状黄河堤的坚固。武帝时，黄河在瓠子（今河北濮阳市南）决口，武帝发动数万人去堵口，作歌道："瓠子决兮将奈何，浩浩洋洋（形容水大）虑殚为河（担心平地尽变成河）！" ⑯ 征枚乘以蒲轮：武帝用安车蒲轮去聘请枚乘。蒲轮：用蒲草裹住的车轮。⑰ 申主父以鼎食：主父偃说过

"丈夫生不五鼎食,死则五鼎烹耳"的话。意思是说,活着做不了大官,宁可犯法被烧死,也要满足个人享受。这话显露了他卑污的灵魂。鼎:五鼎。富贵人家吃饭时用五个鼎盛菜。⑱ 擢公孙之对策:公孙弘对武帝策问,即他的《对贤良策》,被武帝取作第一名。擢:提拔。⑲ 倪宽:《汉书·倪宽传》:"张汤为廷尉……有疑奏已再见却(被退回)矣。……掾吏因使宽为奏,奏成,即时得可。"受到汉武帝的称赞。⑳ 买臣负薪而衣锦:朱买臣靠卖柴为生,武帝用他作会稽太守,让他衣锦还乡。㉑ 相如涤器而被绣:司马相如在临邛开酒店,亲自洗酒器,武帝派他做使事,到西南去,蜀人以为光荣。㉒ 史迁、寿王、严、终、枚皋:司马迁善著作,吾丘寿王、严安、终军善于对策,枚乘善于作赋。㉓ 方:规格。匮:缺乏。

越昭及宣①,实继武绩②;驰骋石渠③,暇豫文会④;集雕篆之轶材⑤,发绮縠之高喻⑥,于是王褒之伦⑦,底禄待诏⑧。自元暨成⑨,降意图籍⑩,美玉屑之谈⑪,清金马之路⑫,子云锐思于千首⑬,子政雠校于六艺⑭,亦已美矣。爰自汉室,迄至成哀,虽世渐百龄⑮,辞人九变⑯,而大抵所归,祖述《楚辞》⑰,灵均余影⑱,于是乎在⑲。

【注释】

① 昭:昭帝刘弗陵,武帝子。宣:宣帝刘询,武帝曾孙。② 绩:功绩。③ 驰骋:指开展辩论。石渠阁:见《论说》

注。④ 暇豫：从容宽裕。⑤ 雕篆：雕虫篆刻，指创作辞赋。轶材：杰出人才。⑥ 绮縠：扬雄认为辞赋好比织雾縠（细丝织品），会妨害女工。高喻：调子高。⑦ 王褒：西汉文学家。⑧ 底禄：得禄，做官。待诏：即备帝王顾问。⑨ 元：汉元帝刘奭，宣帝子。成：汉成帝刘骜，元帝子。⑩ 降意：关心。⑪ 玉屑：把玉碾成粉末，这里指珠玉般的谈吐，比喻谈吐美好。⑫ 清金马之路：喻重视贤才。汉朝官署门旁有铜马，称金马门。被汉朝征召来的人，在金马门待诏。清路，表示准备迎接。⑬ 子云：扬雄的字。他认为读千赋才能写好赋。见桓谭《新论·道赋》篇。⑭ 子政：刘向的字。他整理汉朝藏书。雠校：校正各种版本。⑮ 百龄：百年。从汉武帝建元元年（前140）到哀帝建平元年（前6），计一百三十五年，举成数称百年。渐：进。龄：年。⑯ 九变：多种变化。汉赋有抒情的，有描绘宫殿山川和打猎的，有咏物的等等，有多种变化。⑰ 祖述：继承。⑱ 灵均：屈原小字。⑲ 于是：于此。

自哀、平陵替①，光武中兴②，深怀图谶③，颇略文华。然杜笃献诔以免刑④，班彪参奏以补令⑤，虽非旁求⑥，亦不遐弃⑦。及明章迭耀⑧，崇爱儒术，肆礼璧堂⑨，讲文虎观⑩；孟坚珥笔于国史⑪，贾逵给札于瑞颂⑫，东平擅其懿文⑬，沛王振其通论⑭，帝则藩仪，辉光相照矣。自安和以下⑮，迄至顺桓⑯，则有班、傅、三崔，王、马、张、蔡⑰，磊落鸿儒⑱，才不时乏，而文章之选，存而不论⑲。然中兴之后，群才稍改前辙，华实所附,斟酌经辞,盖历政讲聚,故渐靡儒风者也⑳。降及灵帝㉑,时好辞制,造羲皇之书㉒,开鸿都之赋㉓;而乐松之徒㉔,招集浅陋,故杨赐号为驩兜㉕,蔡邕比之俳优㉖,其余风遗文,盖蔑如也㉗。

【注释】

① 哀:汉哀帝刘欣,元帝庶孙。平:汉平帝刘衎(kàn),哀帝弟。陵替:像丘陵倒塌,指没落。② 光武:后汉光武帝刘秀。③ 图谶:一种预言式的迷信文字,是统治者编造来欺骗人民的。④ 诔(lěi):是赞美死者功德的文字。杜笃被美阳令捆送京城,碰上大司马吴汉病死,他在狱中作《吴汉诔》,受到光武称赞,于是被释放。⑤ 班彪参奏以补令:班彪在河西窦融手下,他劝窦融归顺光武,参预窦融所写的章奏,受到光武赞赏,派他做徐县县令。⑥ 旁:广。⑦ 遐弃:远远抛开。⑧ 明:后汉明帝刘庄,光武帝子。章:原作"帝",误。章,后汉章帝刘炟(dá),明帝子。⑨ 肄:学习。璧堂:辟雍,明堂。辟雍,古代大学,四周环绕着水,所以称璧。明堂,宣明政教的堂。⑩ 虎观:章帝在白虎观讲经。⑪ 孟坚:班固的字。珥(ěr)笔:古史官把笔插在耳边帽上。国史:指班固著《汉书》。⑫ 贾逵给札于瑞颂:明帝时,有神雀飞到宫殿上,冠羽有五彩。明帝叫人送笔札给贾逵,要他写《神雀颂》。札,木简。⑬ 东平擅其懿文:东平王刘苍议定礼乐制度。⑭ 沛王振其通论:沛献王刘辅编写《五经论》。⑮ 安和:当作"和安"。和:后汉和帝刘肇,章帝子。安:后汉安帝刘祜,清河孝王刘庆子。⑯ 顺:后汉顺帝刘保,安帝子。桓:后汉桓帝刘志,章帝曾孙。⑰ 班、傅、三

崔、王、马、张、蔡：据《才略》，指班固、傅毅、崔骃、崔瑗、崔寔、王逸、王延寿、马融、张衡、蔡邕。⑱ 磊落：状众多。⑲ "文章之选"二句：按，《铨赋》里提到"孟坚《两都》"、"张衡《二京》"、"延寿《灵光》"，《明诗》里提到傅毅，《诔碑》里提到蔡邕等，并不是"文章之选，存而不论"的。这里可能是指"渐靡儒风"的文章都"存而不论"。⑳ 靡：披靡，倒下去，指受影响。㉑ 灵帝：刘宏，章帝玄孙。㉒ 羲皇：当作"皇羲"，即灵帝所造《皇羲篇》五十章，见《后汉书·蔡邕传》，是文字书。㉓ 鸿都：鸿都门，汉朝藏书处。㉔ 乐松：被召到鸿都门来的文士。㉕ 杨赐：灵帝时司空。驩兜（huān dōu）：尧时凶人，为舜所流放。㉖ 俳（pái）优：弄臣。㉗ 蔑如：无，指不足称道。

自献帝播迁①，文学蓬转，建安之末②，区宇方辑③。魏武以相王之尊④，雅爱诗章⑤；文帝以副君之重⑥，妙善辞赋；陈思以公子之豪，下笔琳琅⑦；并体貌英逸⑧，故俊才云蒸⑨。仲宣委质于汉南⑩，孔璋归命于河北⑪，伟长从宦于青土⑫，公干徇质于海隅⑬，德琏综其斐然之思⑭，元瑜展其翩翩之乐⑮。文蔚、休伯之俦⑯，于叔、德祖之侣⑰，傲雅觞豆之前⑱，雍容衽席之上⑲；洒笔以成酣歌，和墨以借谈笑⑳。观其时文，雅好慷慨，良由世积乱离，风衰俗怨，并志深而笔长，故梗概而多气也㉑。

【注释】

① 献帝：刘协，灵帝子。播迁：迁徙。董卓逼献帝迁

都长安,曹操又把他迁到许。② 建安:献帝年号(196—220),当时由曹操执政。③ 区宇:宇内,国内,此指北方。辑:安辑,安定。④ 相王:曹操是丞相,又是魏王。⑤ 雅:一向。⑥ 副君:指太子。⑦ 琳琅(lín láng):美玉,指美好。⑧ 体貌:礼敬,有礼貌地接待。⑨ 云蒸:像云那样多,指人才多。⑩ 仲宣:王粲的字。他本在荆州刘表手下避难,曹操下荆州时,他归向曹操。委质:犹托身,古代做官时向君献进见礼物(即质),表示托身。⑪ 孔璋:陈琳的字。他本在河北袁绍手下,曹操灭袁绍,他归顺曹操。归命:归顺。⑫ 伟长:徐干的字。青土:青州。徐干原籍北海(今山东寿光)。⑬ 公干:刘桢的字。徇质:犹委质。海隅:刘桢原籍东平(今山东东平)。⑭ 德琏:应玚的字。斐然:状文采。⑮ 元瑜:阮瑀的字。翩翩:状风度好。⑯ 文蔚:路粹的字。休伯:繁钦的字。⑰ 于叔:邯郸淳的字。德祖:杨修的字。⑱ 傲雅:啸傲风雅,傲有不受拘束意,指吟诗。觞:酒杯。豆:盛菜器。⑲ 雍容:从容。衽:席。⑳ 借谈笑:有助谈笑,指写出诙谐的文章。㉑ 梗概:即慷慨。

至明帝纂戎①,制诗度曲;征篇章之士,置崇文之观②,何、刘群才③,迭相照耀④。 少主相仍⑤,唯高贵英雅,顾盼含章⑥,动言成论。 于是正始余风⑦,篇体轻淡,而嵇、阮、应、缪⑧,并驰文路矣。

【注释】

① 明帝:曹叡(ruì),曹丕子。纂戎:缵戎,继承光大。

② 崇文之观：明帝招集文士处。③ 何：何晏。刘：刘劭。④ 迭：轮流。⑤ 少主：年轻的君主。明帝后有齐王曹芳、高贵乡公曹髦、陈留王曹奂，都是少主。相仍：相继。⑥ 顾盼含章：指高贵乡公曹髦宴会赋诗，事见《金楼子·杂记下》。含章，原作"合章"，今据杨明照《文心雕龙校注拾遗》改。⑦ 正始：魏明帝子齐王曹芳年号（240—249），当时文坛受何晏的影响。⑧ 嵇、阮、应、缪：指嵇康、阮籍、应璩、缪袭，他们的诗和何晏不同。

逮晋宣始基①，景文克构②；并迹沉儒雅，而务深方术③。至武帝惟新④，承平受命⑤，而胶序篇章⑥，弗简皇虑⑦。降及怀、愍⑧，缀旒而已⑨。然晋虽不文，人才实盛：茂先摇笔而散珠⑩，太冲动墨而横锦⑪，岳、湛曜联璧之华⑫，机、云标二俊之采⑬，应、傅、三张之徒⑭，孙、挚、成公之属⑮，并结藻清英，流韵绮靡⑯。前史以为运涉季世，人未尽才。诚哉斯谈，可为叹息。

【注释】

① 晋宣：晋宣帝司马懿。始基：开始篡夺政权。② 景文：景帝司马师、文帝司马昭进一步巩固政权。克构：能够构造，指父奠基，子构造。三人的帝号都是死后追加。③ 方术：指阴谋权术。司马懿父子三人是用阴谋来篡夺曹魏政权的。④ 武帝：司马炎，司马昭子。惟新：指建立新王朝。⑤ 受命：受天命，指称帝。⑥ 胶序：周朝称大学叫东胶，称乡学叫庠，殷朝叫序。⑦ 简：考察，关注。⑧ 怀：怀帝

司马炽,武帝子。愍:愍帝司马邺,武帝孙。怀帝、愍帝都被汉刘聪俘虏,他们即位时晋朝已快崩溃。⑨ 缀旒(liú):连在旗上的装饰品,指国君没有权利,只作装饰品。⑩ 茂先:张华的字。⑪ 太冲:左思的字。⑫ 岳:潘岳。湛(zhàn):夏侯湛。联璧:当时人称岳、湛为联璧。⑬ 机:陆机。云:陆云。二俊:张华说:"伐吴之役,利获二俊。"指得到陆机、陆云比得到吴国更有利。⑭ 应:应贞。傅:傅玄。三张:张载、张协、张亢兄弟。⑮ 孙:孙楚。挚:挚虞。成公:成公绥。⑯ 靡:细密。

元皇中兴①,披文建学②;刘刁礼吏而宠荣③,景纯文敏而优擢④。逮明帝秉哲⑤,雅好文会,升储御极⑥,孳孳讲艺⑦,练情于诰策⑧,振采于辞赋;庾以笔才逾亲⑨,温以文思益厚⑩,揄扬风流⑪,亦彼时之汉武也。及成康促龄⑫,穆哀短祚⑬,简文勃兴⑭,渊乎清峻⑮,微言精理,函满玄席,淡思浓采⑯,时洒文囿⑰。至孝武不嗣⑱,安恭已矣⑲;其文史则有袁、殷之曹,孙、干之辈⑳,虽才或浅深,珪璋足用。

【注释】

① 元皇:东晋元帝司马睿。中兴:西晋灭亡后,晋元帝南渡,建立东晋。② 披:开。③ 刘:刘隗(wěi)。刁:刁协。礼吏:掌管礼法的官。④ 景纯:郭璞的字。优擢:晋元帝选拔郭璞为著作佐郎。⑤ 明帝:司马绍,元帝子。⑥ 储:储君,太子。御极:登位,即位。⑦ 孳孳(zī):不倦。⑧ 诰:

上对下的文告。策：指策问。⑨ 庾：庾亮。⑩ 温：温峤。两人皆东晋大臣而有文才者。⑪ 揄扬：称扬，指提倡。风流：犹风雅，指文学。⑫ 成：成帝司马衍。康：康帝司马岳。两人都是明帝子。⑬ 穆：穆帝司马聃（dān），康帝子。哀：哀帝司马丕，成帝子。短祚：在位时短。⑭ 简文：简文帝司马昱（yù），元帝子。⑮ 渊：深。⑯ 淡思：清微淡远的思想。⑰ 文囿：文学园地。⑱ 孝武：孝武帝司马曜，简文帝子。不嗣：孝武帝时，东晋政权就落到刘裕手里。⑲ 安：安帝司马德宗，是呆子，一切举动都听人指使。恭：恭帝司马德文。两人都是孝武帝子，均是刘裕所立，又都被刘裕所杀。⑳ 袁：袁宏，文学家兼历史学家。殷：殷仲文，文学家。孙：孙盛；干：干宝。两人都是历史学家，都会写散文。

  自中朝贵玄①**，江左称盛**②**，因谈余气，流成文体。是以世极迍邅**③**，而辞意夷泰**④**；诗必柱下之旨归**⑤**，赋乃漆园之义疏**⑥**。故知文变染乎世情，兴废系乎时序，原始以要终，虽百世可知也。**

【注释】

  ① 中朝：指西晋。玄：当时的清谈，提倡《老子》、《庄子》、《易经》，称为三玄。② 江左：江东，指东晋。③ 迍邅（zhūn zhān）：艰难。④ 夷泰：平安。⑤ 柱下：殿柱下，老子做过周的柱下吏。⑥ 漆园：庄子做过漆园吏。义疏：讲解的文字。

自宋武爱文①,文帝彬雅②,秉文之德,孝武多才③,英采云构④。自明帝以下⑤,文理替矣⑥。尔其缙绅之林⑦,霞蔚而飙起⑧:王、袁联宗以龙章⑨,颜、谢重叶以凤采⑩;何、范、张、沈之徒⑪,亦不可胜数也。盖闻之于世⑫,故略举大较⑬。

【注释】

① 宋武:宋武帝刘裕。② 文帝:刘义隆,武帝子。彬雅:彬彬儒雅,彬彬是有文有质,指既有文才,又好儒学。③ 孝武:宋孝武帝刘骏,文帝子。④ 云构:状众多。⑤ 明帝:刘彧(yù),文帝子。⑥ 替:废。⑦ 缙(jìn)绅:赤色带,代指士大夫。⑧ 蔚:盛。⑨ 王、袁:王家如王诞、王僧达、王微,袁家如袁淑、袁湛、袁颛、袁粲,同一宗族中有好多文才。⑩ 颜、谢:颜家如颜延之、颜竣、颜测,谢家如谢灵运、谢瞻、谢惠连、谢庄等,都是几代出文才。重叶:几代。龙章、凤采:比喻文采。⑪ 何:何承天。范:范晔(yè)。张:张邵。沈:沈约。⑫ 闻:著名。⑬ 大较:大概。

暨皇齐驭宝①,运集休明②。太祖以圣武膺箓③,高祖以睿文纂业④,文帝以贰离含章⑤,中宗以上哲兴运⑥,并文明自天,缉熙景祚⑦。今圣历方兴⑧,文思光被⑨,海岳降神⑩,才英秀发。驭飞龙于天衢⑪,驾骐骥于万里;经典礼章,跨周轹汉⑫,唐虞之文,其鼎盛乎⑬!鸿风懿采,短笔敢陈⑭;扬言赞时⑮,请寄明哲。

【注释】

① 暨：及。皇：美。驭宝：掌握统治权。宝，指皇位。② 运：时运。休：美。③ 太祖：齐高帝萧道成。膺箓：即受天命，指即位。④ 高祖：当作"世祖"，指齐武帝萧赜(zé)，高帝子。睿：聪明。⑤ 文帝：文惠太子萧长懋(mào)，武帝子。贰离：即《易·离卦》之"明两作离"。离是火，双重的明亮构成火象，指光明。⑥ 中宗：当作"高宗"，即齐明帝萧鸾(luán)。⑦ 缉熙：光明。景祚：犹大位，指皇位。⑧ 圣历：指国运。⑨ 光被：广被。⑩ 降神：指生下人才。⑪ 飞龙：龙飞在天，指登皇位。⑫ 轹(lì)：车轮辗过。⑬ 鼎盛：方盛，正盛。⑭ 敢：岂敢。⑮ 扬言：大声。

赞曰：蔚映十代①，辞采九变②。枢中所动③，环流无倦。质文沿时，崇替在选④。终古虽远⑤，僾焉如面⑥。

【注释】

① 十代：唐、虞、夏、商、周、汉、魏、晋、宋、齐。② 九：指多。③ 枢中：中心关键。④ 崇替：兴废。⑤ 终古：古昔，远古。⑥ 僾焉：仿佛貌。僾，原作"旷"。刘勰主张宗经，这句是说，六经离开当时虽远，贯彻宗经主张后就不远了，好像就在眼前，可以作为范例。

【翻译】

时代风气交替转移，从质到文相递变易，古今文章的情理，在这里可以说说。往昔唐尧，道德高尚、教化普及，老农说出"尧有什么功德"的话，村童唱着"不识不知"的歌。虞舜继起，政治清明、人民安闲，元首唱出《南风》，群臣唱出《卿云》。这些为什么如此美好？是因为心情快乐而声音和畅。到大禹治理水土，使九种有益民生的事物发挥功用而加以歌颂；商汤圣明恭敬，后人作出"猗欤"的颂辞。到周文王道德高尚，《周南》就辛勤而无怨言；周太王教化淳厚，《邠风》就欢乐而不放纵。幽王、厉王昏乱，《板》、《荡》就悲愤；平王国势衰弱，《黍离》就哀怨。由此可知歌谣的文采和情理，跟随时世在推移，政治教化像风那样在上面吹动，歌谣便会像水波那样在下面震荡。

春秋以后，七雄争战，六经被抛弃，百家像飙起。这时候，韩、魏从事争夺，燕、赵任用权谋；秦国把学术列入五蠹六虱，严令禁止；只有齐、楚两国，颇讲文化学术，齐国在建设大公馆，楚国扩建了兰台的宫室，孟子受到供养，荀卿做了邑宰；所以稷下扬起了清新的学风，兰陵培养着良好的习俗。邹衍以谈天著称，驺奭以雕龙驰名，屈原争光辉于日月，宋玉显文采于风云：看他们艳丽的文辞，已罩盖住雅、颂，由此知道光彩瑰异的文思，是源出于纵横诡异的习俗。

进入汉朝，在秦始皇焚书以后，汉高祖尚武，戏弄儒生而忽视学问，虽则礼仪法律已经草创，儒家《诗》、《书》还未顾及。但像《大风歌》和《鸿鹄歌》，也可说是天才的杰作。传到孝惠帝，以至文帝、景帝，经学颇见兴起，可是辞人还未进用；贾谊被贬斥而邹阳、枚乘遭沉抑，自在意想之中。到孝武帝尊重儒术，粉饰功业，才礼乐争辉，辞藻竞出：柏梁台上有朝会宴集的联句，黄河堤上有忧灾恤民的诗篇，聘请枚乘用蒲轮，供养主父用五鼎。看了《对贤良策》而擢用公孙，读了草拟奏章便赞赏倪宽，卖柴的朱买臣穿上锦衣还乡，洗酒器的司马相如穿着绣衣出使。这时候，像司马迁、吾丘寿王之徒，严实、终军、枚皋之辈，应对起来固然随机应变，写作文章也迭出累见，风流文采留传下来，没有谁能比拟的了。

经昭帝到宣帝，继承武帝功业，石渠阁往来辩说，文会上从容商讨，聚集有文采的杰出人才，又发出像绮縠般的高超议论。这时候王褒之流，都待诏受禄。从元帝到成帝，关心图书，赞赏像玉屑般的谈论，清扫了金马门前的道路，因此扬雄用心读赋千篇，刘向加意校订六经，也够理想了。从汉代开始，直到成帝哀帝，虽则时代已过百年，辞人多有变化，但总的趋向还是继承《楚辞》，屈原影响是留在这个时代的。

哀帝、平帝没落以后，光武帝中兴，推重图谶，忽略文辞。然而杜笃献诔而免刑罚，班彪参奏得补县令，对文才虽未广求，也不远弃。到明帝、章帝先后继美，推崇儒学，在大学里学习礼仪，在白虎观讲论经义；班固携笔写国史，贾逵披简歌颂祥瑞，东平王擅长礼仪，沛献王发挥经论，皇帝作则藩王规范，光辉相照。从和帝、安帝以下，直到顺帝、桓帝，则有班固、傅毅和崔骃、崔瑗、崔寔三代，王逸、王延寿父子和马融、张衡、蔡邕，大学问家众多，人才任何时候都不缺乏。至于文章里哪些中选，姑且放下不说。只是中兴以后，作者的写法较前稍有改变，文采内容都用经典的话来斟酌，大概由于政府几代招集讲经，所以逐渐感染上儒风了。下及灵帝,常爱文辞,编《皇羲》来讲字,开鸿都来写赋;而乐松之流,招集浅陋之徒,因而杨赐称之为驵兜,蔡邕比之为小丑,他们的余风遗文,不足称道。

自从汉献帝流离,文士像蓬草般转徙,到建安末年,国内方才安定。魏武帝以宰相魏王之尊,凤爱诗文;文帝居太子重位,极善辞赋;陈思王以公子之豪,文同珠玉;而且都能殷勤地接待英才,所以文士云集。王粲在汉南归顺,陈琳在河北降附,徐干从青州来做官,刘桢从海边来投奔,应玚综合他斐然的文思,阮瑀施展他翩翩的才华。路粹、繁钦之类,邯郸淳、杨修等人,在杯酒前吟咏诗篇,在座席上从容谈艺,挥笔便成酬歌,蘸墨便助谈笑。看那时的文章,多喜慷慨,实在是由于长期战乱,风气败坏而民间愁怨,文士都秉深远的用心,而写出含意深长的文辞,所以既慷慨且有气势。

到了明帝继承祖业,作诗制曲;召集文章之士,设立崇文之观,何晏、刘劭等众多人才,文采迭相照耀。以后少主继位,只有高贵乡公英俊博雅,顾盼间就写成文章,一开口便是议论。这时受正始余风影响,文体轻浮淡薄,只有嵇康、阮籍、应璩、缪袭,还都能在文学大路上驰驱。

到晋宣帝奠定基础,景帝、文帝继承父志;在行动上都忽略儒雅而致力于权术。到武帝建立新朝,称帝太平,可对学校、辞章,还未加以注意。传到怀帝、愍帝,皇帝就只成了装饰品。不过晋朝虽不看重文辞,人才倒实在众多:张华摇笔像散落珍珠,左思动墨像展开锦绣,潘岳、夏侯湛像双璧耀光,陆机、陆云标帜二俊文采,应贞、傅玄和张载、张协、张亢三兄弟之徒,孙楚、挚虞、成公绥之辈,都辞藻清新英发,风韵华艳细密。以前史家认为时代进入末世,未能人尽其才。这是真话,可使人叹息。

东晋元帝中兴,提倡文章兴办学校,刘隗、刁协以精通礼法受到宠用,郭璞以文思敏捷从优升擢。到明帝天资聪明,夙好文会,从立为太子到登位,不知疲倦地讲论经艺,在诰令策问上注意研讨,在辞赋上发挥文采;庾亮因为有笔才越发得到亲近,温峤因为有文思越发受到厚待,这么提倡风雅,也可算是东晋的汉武帝了。到成帝、康帝寿命短促,穆帝、哀帝在位不久;简文帝登位,气度深沉而风格清峻,微妙的语言和精微的道理,充满在清谈之中;淡远的思想和浓重的文采,不时传布到文苑之内。到了孝武帝,没有像样的继承,经安帝、恭帝而东晋就完结。这时候兼擅文史的有袁宏、殷仲文之流,孙盛、干宝之辈,虽则才学或有深浅,也像美玉般够采用了。

自从晋朝看重清谈,到东晋南渡后更为流行,由这种风气的影响,形成新的文体。因此时世虽极艰难,辞意却很和缓,诗一定有老子的思想,赋等于给《庄子》作疏解。由此可知,文章变化受到世情感染,文体兴衰和时代有关,弄清始末,即使是百世以后也可推知。

自从宋武帝爱好文学,到宋文帝彬彬儒雅,有文学素养;孝武帝多有才华,辞采繁富。从明帝以下,文理又衰败了。士大夫中,文士像霞蒸飙起:王僧达、袁淑两家连接产生文才,颜延之、谢灵运两家几代驰誉辞采。何逊、范邺、张邵、沈约之徒,多得不能列举。这里只就著名于当时的,约略说个大概。

到皇齐建国,国运昌盛。高帝因圣武创业,武帝因睿文继立，文帝因英明正位，明帝因上智兴国，都是天生文明，光照大位。如今国运方兴，文教遍周，海岳降神，人才英发。像驭着飞龙在天上飞，驾着骐骥跑万里路；经典礼仪，超过周代压倒两汉，像唐虞时代的文章，怕正要盛行吧！美好富丽的风采，岂拙笔所敢陈述；大声地赞美当代，请高明者前来承担。

赞道：文采照辉十代，辞章经历九变。随着中枢变动，循环流转不倦。质文顺着时代，兴废自有择选。古代虽然遥远，仿佛近在耳目。

物色第四十六

"物色"里讲到中国古代文学的特色,即重在情景交融。先讲"情以物迁,辞以情发",即由情物引起人的感情,发为文辞。情景结合,所以要"既随物以宛转,亦与心而徘徊"。要婉转地描绘景物情状,还要表达出作者的感情,达到"情貌无遗"。如"灼灼",明艳如火,用来形容桃花的鲜艳,又怎么"与心徘徊"呢?看下文,即知其是为了写出新嫁娘火热的心情。如"依依"形容柳条的柔软,看上句,即知还写出了战士出征时与家人依依不舍的感情。"杲杲"描写日出的光耀,看上下文,便知道它是写思妇望天下雨想望出征丈夫回来;而看到太阳照耀,则表达出望不到下雨和丈夫回来的失望心情。"瀌瀌"形容大雪纷飞,看下文便明白它原来是写望日出雪消却又不能如愿的失望心情。"喈喈"写黄鸟叫,看下文,才知道这两个字含有妇人听见黄鸟叫想回家探望父母的心愿。"喓喓"写草虫叫,看下文,才懂得它包含着思妇想念丈夫的心情。这样看来,景中含情,达到"情貌无遗",这是中国古代文学所具有的特色。接下来讲《诗经》里的描写用词简,《楚辞》里的描写用词多,就又涉及到"诗人"、"辞人"的时代差异了。

又讲晋宋以来的写景有特色,"窥情风景之上,钻貌草木之中"。上文的"情貌无遗"是说情从物引起,是作者的情,不是景物的情;"窥情风景之上"的"情"则不然,它是风景本身所具有的情态,作者用拟人化手法把它写出来,如谢灵运山水诗《登江中孤屿》:"乱流趋孤屿,孤屿媚中川。"用"趋"和"媚"的拟人化手法,写"乱流"和"孤屿"的情态,是景物本身所具有的情态。这样写又有它的特色。

春秋代序①,阴阳惨舒②,物色之动,心亦摇焉。盖阳气萌而玄驹步③,阴律凝而丹鸟羞④,微虫犹或入感,四时之动物深矣。若夫珪璋挺其惠心⑤,英华秀其清气,物色相召,人谁获安? 是以献岁发春⑥,悦豫之情畅;滔滔孟夏,郁陶之心凝⑦;天高气清,阴沉之志远;霰雪无垠,矜肃之虑深。 岁有其物,物有其容;情以物迁,辞以情发。 一叶且或迎意,虫声有足引心,况清风与明月同夜,白日与春林共朝哉!

【注释】

① 春秋:这里用以指四季。② 阴阳:阴指秋、冬,阳指春、夏。这句即"阴惨阳舒"。③ 阳气萌:冬至后阳气开始萌生。玄驹:蚂蚁。步:走动。④ 阴律凝:阴历八月里阴气凝聚。古乐府有十二律,即阳律六、阴律六,用来配十二月,八月属阴律。丹鸟:螳螂。羞:同"馐",吃(蚊子)。

⑤ 珪璋：美玉。挺：挺拔。惠：慧。⑥ 献岁：进入新年。
⑦ 滔滔：阳气盛。郁陶：郁闷而心情不畅。阳气极盛以后阴气就要萌生，所以心情不畅。

　　是以诗人感物，联类不穷；流连万象之际，沉吟视听之区。写气图貌①，既随物以宛转②；属采附声③，亦与心而徘徊④。故"灼灼"状桃花之鲜⑤，"依依"尽杨柳之貌⑥，"杲杲"为出日之容⑦，"瀌瀌"拟雨雪之状⑧，"喈喈"逐黄鸟之声⑨，"喓喓"学草虫之韵⑩；"皎日"、"嘒星"⑪，一言穷理⑫；"参差"、"沃若"⑬，两字连形⑭：并以少总多，情貌无遗矣。虽复思经千载，将何易夺。及《离骚》代兴，触类而长⑮，物貌难尽，故重沓舒状⑯，于是"嵯峨"之类聚⑰，"葳蕤"之群积矣⑱。及长卿之徒，诡势瑰声⑲，模山范水，字必鱼贯，所谓诗人丽则而约言，辞人丽淫而繁句也⑳。

　　至如《雅》咏棠华，"或黄或白"㉑；《骚》述秋兰，"绿叶"、"紫茎"㉒。凡摛表五色㉓，贵在时见㉔，若青黄屡出，则繁而不珍。

【注释】

　　① 气：天气，如日出。② 宛转：曲折回旋。③ 属：连缀。④ 徘徊：来回走动，指反复考虑。⑤ 灼灼：形容桃花的色彩鲜明。《诗·周南·桃夭》："桃之夭夭（状美感），灼灼（状鲜明）其华（花）。之子于归（这姑娘出嫁），宜其室家。"

⑥ 依依:形容杨柳枝条的柔软。《诗·小雅·采薇》:"昔我往矣,杨柳依依。"⑦ 杲杲(gǎo):形容太阳出来的明亮。《诗·卫风·伯兮》:"其雨其雨,杲杲出日。愿言思伯,甘心首疾。"⑧ 瀌瀌(biāo):形容雪下得大。雨雪:下雪。《诗·小雅·角弓》:"雨雪瀌瀌,见晛(日光)曰消。"⑨ 喈喈(jiē):形容和鸣声。《诗·周南·葛覃》:"(黄鸟)其鸣喈喈。"⑩ 喓喓(yāo):形容虫声。《诗·周南·草虫》:"喓喓草虫……未见君子,忧心忡忡。"⑪ 皎(jiǎo):光明。《诗·王风·大车》:"有如皦(皎)日。"嘒(huì):形容微小。《诗·召南·小星》:"嘒彼小星。"⑫ 一言:一字。⑬ 参差(cēn cī):形容不整齐。《诗·周南·关雎》:"参差荇菜。"沃若:形容柔润。《诗·卫风·氓》:"桑之未落,其叶沃若。"⑭ 连形:本作"穷形"。⑮ 长:引申。⑯ 重沓:重复,指多用复词。⑰ 嵯峨(cuó é):形容山石高耸。《楚辞·招隐》:"山气茏苁(状高)兮石嵯峨。"⑱ 葳蕤(wēi ruí):形容花叶茂盛下垂。《楚辞·七谏·初放》:"上葳蕤而防露兮。"⑲ 诡:奇异。瑰:珍奇。⑳ "所谓诗人丽则"二句:化用扬雄《法言·吾子》中"诗人之赋丽以则,辞人之赋丽以淫"的语意。㉑ 棠华:棠棣花,即郁李花。《诗·小雅·裳裳者华》:"裳裳(状光明)者华(花),或黄或白。"㉒《骚》:指楚辞。《楚辞·九歌·少司命》:"秋兰兮青青,绿叶兮紫茎。"㉓ 摘表:描写。㉔ 时见:适时地看到。

自近代以来①,文贵形似,窥情风景之上,钻貌草木之中。吟咏所发,志惟深远,体物为妙,功在密附。故巧言切状，如印之印泥②，不加雕削，而曲写毫芥③。故能瞻言而见貌，印字而知时也④。然物有恒姿，而思无定检，或率尔造极⑤，或精思愈疏。且《诗》、《骚》所标，并据要害，故后进锐笔，怯于争锋。莫不因方以借巧，即势以会奇，善于适要，则虽旧弥新矣⑥。是以四序纷回，而入兴贵闲⑦；物色虽繁，而析辞尚简；使味飘飘而轻举，情晔晔而更新⑧。古来辞人，异代接武⑨，莫不参伍以相变⑩，因革以为功⑪，物色尽而情有余者，晓会通也⑫。若乃山林皋壤⑬，实文思之奥府，略语则阙⑭，详说则繁。然屈平所以能洞监《风》、《骚》之情者⑮，抑亦江山之助乎？

【注释】

① 近代：指晋宋以来。② 印泥：古代泥封在信口上，在上盖印。③ 曲：详尽。芥：小草，喻细微。④ 印字：一本作"即字"，是。即字，借助文字。⑤ 率尔：随便。造极：达到极好处。⑥ 虽旧弥新：承"因方借巧"说，则"旧"指旧的手法，可用来得到新的效果。就"物色尽"说，则"旧"指常见景物，也可写得更新，因为"情有余"。两说都可通。⑦ 入兴：进入创作。兴：创作的兴致。闲：闲静。⑧ 晔晔（yè）：形容鲜明。⑨ 接武：接步，指继承。武：步子。⑩ 参伍：错综。⑪ 因：沿袭。⑫ 会通：融会贯通。⑬ 皋（gāo）壤：水边地。⑭ 阙：同"缺"。⑮ 屈平：屈原名平。洞监《风》、《骚》：深察《国风》和《九歌》。《九歌》是楚地民歌，为屈原写《九歌》所本。洞：深。《骚》，本于上文的"《骚》述秋兰"，指《九歌》。

赞曰：山沓水匝①，树杂云合。目既往还，心亦吐纳。春日迟迟，秋风飒飒②。情往似赠，兴来如答。

【注释】

① 匝(zā)：围绕。② 飒飒(sà)：形容风声。

【翻译】

春秋交替，阴沉使人凄凉而阳和使人舒畅，景物变化使心情也跟着动荡。阳气萌生则黑蚁走动，阴气凝聚则螳螂进食，微小的昆虫还会感受到气候变化，可见四季影响生物的深远。至于人的智慧心灵如同美玉，清明气质秀似花朵，对景物的感召，谁能无动于衷呢？因此新年春气发扬，情怀欢乐而舒畅；初夏阳气蓬勃，心情烦躁而抑郁；天高气清，情思阴沉而邈远；大雪纷纷渺无边际，思虑严肃而幽深。一年四季有不同的景物，不同的景物具有不同的形貌，感情由于景物而改变，文辞由于感情而产生。落叶尚且引起感想，虫声也能引起情思，何况清风明月的良夜，丽日春林的朝晨啊！

因此，诗人有感于景物会产生无穷的联想，在万象中流连玩赏，在视听中吟味体察。描写天气、图绘景貌，既要跟随事物而体现；运用辞藻、摹状声音，又要联系心情来表达。所以用"灼灼"来形容桃花的鲜艳，用"依依"曲尽杨柳的姿态，"杲杲"是太阳升起的形状，"瀌瀌"是雪下大了的模样，"喈喈"是模仿黄鹂的声音，"喓喓"是写出草虫的鸣叫；"皎日"、"嘒星"，是用一个字来描写；"参差"、"沃若"是用两个字来形容：都是以少来概括众多，把情态状貌没有遗漏地描绘出来了。虽然经过千年来作家们的思索,也难以用其他的什么字来代替。到《楚辞》代起,触类引申,事物的状貌难以完全描摹,所以用复叠的文词来形容,因此"嵯峨"这类的词积聚起来,"葳蕤"这类的词迭见。到司马相如之徒,注意奇异的声势和瑰丽的音调,刻画山水的形貌,词语像游鱼般串连,这就是诗人用词简练而清丽有法;辞赋家用词繁多而艳丽浮靡。

至于《小雅》歌咏棠花,"有黄有白";《楚辞》歌咏秋兰,"绿叶"、"紫茎"。一切色彩的描写,贵在及时目睹,要是青黄迭出,便繁杂而不足贵了。

自从近代以来,文章贵在描绘逼真,细心观察风景的情态,钻研草木的形貌。创作诗歌,情态但求深远;妙写事物,功效只在贴切。所以用巧妙言辞来贴切事物的状态,像在泥上盖印,不用雕琢,而能把极细微处都详尽地写出来。因此,能够看到言辞就像看到状貌,凭借文字就能知道时节。然而景物有一定的状态,思路却没有一定的框子,有的不经意却好到极点,有的用心思却离得很远。而且《诗经》和《楚辞》中所标举的,都能抓住要害,所以后来锐敏的文笔,都不敢和它较量。这无不凭着成规而借用技巧,顺着文势以求得新奇,善于抓住要害,那虽是借用成规也可以显得更为新鲜。因此,四季虽然变化纷繁,但引起的兴味重在闲静;物色虽极繁多,但使用辞语重在简练;使得兴味飘飘地升起,情思眸眸地更新。从古以来辞人时代不同先后继承,没有不是错综以求变化,又继承革新以收功效的。景物形貌虽会穷尽而情思不尽,这是懂得继承而又通变的缘故。至于山林原野,是文思的宝库,但用语简略便欠完备,说得详尽便嫌烦琐。那屈原之所以能深切地领会《国风》、《九歌》的情态,也还是靠江山的帮助吧?

赞道:山岭重叠,流水回绕,树枝交错,云气聚合。眼睛反复地观察,内心也自然有所吐纳。春日舒缓融和,秋风萧萧瑟瑟。用感情来看景物像投赠,景物引起兴会像酬答。

才略第四十七

《才略》是作家论。这篇里的杰出论点,是提出文气说。刘勰讲究骈文,骈文讲声律,不讲文气。他在骈文中讲文气,所以特出。他说枚乘、邹阳"气形于言","孔融气盛于为笔","阮籍使气以命诗",这个"气"指气势。气势跟情绪有关。情绪激昂,才有气势,这又跟表达情志联系起来了。刘勰讲文,注意情绪,所以看重气势,如讲建安文学"梗概而多气",《列子》"气伟而采奇"。这在当时是新的提法,从他以后,古文家论文才讲文气。在他之前,如曹丕的"文以气为主",是讲人的气质,不是讲气势。

刘勰论历代作家,有他的独特看法。如对曹丕、曹植的评价,认为互有短长,与一般的评价不同;对"建安七子",独推王粲为诗赋之首,又推郭璞的诗赋足冠中兴。这些都显示他的特识。他论作家,又兼指作家的优缺点,如称司马相如是辞赋之宗,又评他"理不胜辞";称桓谭长于讽论,又指出他"不及丽文";称陆机"思能入巧",又指出他的"不制繁"。这样看到作家的优缺点,看得比较全面。

《才略》论历代作家的不足之处,如讲战国

散文,讲了乐毅、范雎、苏秦、李斯,但对诸子散文、历史散文的杰出作家都不提,不免使人感到不足。对司马迁只提他《悲士不遇赋》的去官,不提《史记》;论建安文学不提曹操,却提不足道的路粹。这些都是不恰当的。对历代作家在创作上有创新的,如左丘明《左传》的叙事,司马迁《史记》的传记文学,赵壹、王粲的抒情小赋,陆机的《文赋》,未加特别注意,也显得不足。

九代之文①,富矣盛矣;其辞令华采,可略而详也。虞夏文章,则有皋陶六德②,夔序八音③,益则有赞④,五子作歌⑤。辞义温雅,万代之仪表也。商周之世,则仲虺垂诰⑥,伊尹敷训⑦,吉甫之徒,并述诗颂。义固为经,文亦师矣⑧。

【注释】

① 九代:《时序》赞里讲到十代,这里去掉齐,所以称九代。② 皋陶(yáo):尧舜时的刑法官。六德:《尚书·皋陶谟》里,皋陶讲了九德,即"宽而栗(严肃),柔而立,愿(朴实)而恭,乱(整治)而敬,扰(驯顺)而毅,直而温,简而廉,刚而塞(质实),强而义"。从这九德中任意举出六种,称六德。③ 夔(kuí):舜臣,主管音乐。序:序列。八音:金、石、丝、竹、匏、土、革、木。④ 益:舜臣。《伪古文尚书·大禹谟》说益赞(助)禹说:"满招损,谦受益。"⑤ 五子作歌:太康的五个兄弟因太康被逐,作《五子之歌》,追述夏禹的训诫。歌载《伪古文尚书·五子之歌》。⑥ 仲虺(huǐ):汤臣,

据说曾经向汤进行告诫。见《伪古文尚书·仲虺之诰》。⑦ 伊尹：汤臣。汤死后，太甲即位，伊尹向太甲陈述教训。见《伪古文尚书·伊训》。敷：陈述。⑧ 吉甫：尹吉甫，周宣王时大臣，作《崧高》、《江汉》等诗。文亦师矣："亦"字后似当补"足"字。

及乎春秋大夫，则修辞聘会，磊落如琅玕之圃①，焜耀似缛锦之肆②。蒍敖择楚国之令典③，随会讲晋国之礼法④，赵衰以文胜从飨⑤，国侨以修辞扞郑⑥，子太叔美秀而文，公孙挥善于辞令⑦，皆文名之标者也。

战代任武，而文士不绝。诸子以道术取资⑧，屈、宋以《楚辞》发采。乐毅报书辨以义⑨，范雎上书密而至⑩，苏秦历说壮而中⑪，李斯自奏丽而动⑫。若在文世，则扬、班俦矣。荀况学宗，而象物名赋⑬，文质相称，固巨儒之情也。

【注释】

① 磊落：状众多。琅玕：美玉。② 焜耀：光辉照耀。③ 蒍(wěi)敖：楚庄王臣，他修订楚国法典。令：善。④ 随会：晋国大夫，他修订晋国的礼法。⑤ 赵衰：晋国大夫。他熟悉礼仪，陪公子重耳去赴秦穆公的宴会。在会上教导重耳行礼致辞。文胜：擅长礼仪。飨：款待。⑥ 国侨：郑国大夫子产。修辞扞郑：见《征圣》注。⑦ 子太叔、公孙挥：皆郑国大夫。⑧ 取资：取用，供人采用。⑨ 乐毅：燕昭王臣，为燕昭王攻破齐国。昭王死，惠王即位，听信齐人反间，派骑

劫去代乐毅。乐毅逃到赵国。惠王去信责问,乐毅回信辩解。见《战国策·燕策二》。⑩ 范雎上书密而至:范雎上书不说明外戚专权,但话很深切,所以说"密而至"。见《论说》注。⑪ 苏秦历说:苏秦曾游说各国,他的话见《战国策》中。⑫ 李斯自奏:见《论说》注。⑬ 荀况学宗而象物名赋:见《诠赋》注。

汉室陆贾①,首发奇采,赋孟春而进《新语》②,其辩之富矣。 贾谊才颖③,陵轶飞兔④,议愜而赋清,岂虚至哉! 枚乘之《七发》⑤,邹阳之上书⑥,膏润于笔⑦,气形于言矣⑧。 仲舒专儒,子长纯史⑨,而丽缛成文,亦诗人之告哀焉⑩。 相如好书,师范屈宋,洞入夸艳⑪,致名辞宗⑫,然核取精义⑬,理不胜辞,故扬子以为"文丽用寡者长卿"⑭,诚哉是言也! 王褒构采,以密巧为致⑮,附声测貌,泠然可观⑯。 子云属意⑰,辞义最深,观其涯度幽远⑱,搜选诡丽,而竭才以钻思,故能理赡而辞坚矣。

【注释】

① 陆贾:汉高祖臣。② 赋孟春:已无考。孟春,初春。《新语》:陆贾向高祖讲历史上成败兴亡的书。进《新语》:本作"选典诰"。杨明照先生注指出,"选典诰"可能指《孟春赋》从典诰中选词,本不误。③ 颖:禾芒,指才华杰出。④ 陵轶:超过。飞兔:千里马名。贾谊有《陈政事疏》等。他的赋见《诠赋》注。⑤ 枚乘之《七发》:枚乘的代表作《七

发》，举出七件事来启发吴太子，竭力铺张描绘。⑥ 邹阳之上书：见《论说》注。⑦ 膏：指文采。⑧ 气：气势。⑨ 子长：司马迁的字。董仲舒有《士不遇赋》，司马迁有《悲士不遇赋》。⑩ 诗人之告哀：《诗经·小雅·四月》有"维以告哀"句。⑪ 洞：深。⑫ 致：到达。宗：主，宗匠。⑬ 核：考核。⑭ "故扬子"句：扬雄语见《法言·吾子》。⑮ 密巧：指王粲《圣主得贤臣颂》写得对偶工巧。⑯ 泠（líng）然：状轻妙。⑰ 子云：扬雄的字。⑱ 涯：边，指广度。度：测深，指深度。幽：深。

桓谭著论①，富号猗顿②，宋弘称荐，爰比相如③，而集灵诸赋④，偏浅无才，故知长于讽谕，不及丽文也。敬通雅好辞说⑤，而坎壈盛世⑥，显志自序⑦，亦蚌病成珠矣⑧。二班两刘，奕叶继采⑨，旧说以为固文优彪，歆学精向，然《王命》清辩⑩，《新序》该练⑪，璇璧产于昆冈⑫，亦难得而逾本矣。傅毅、崔骃，光采比肩，瑗、寔踵武，能世厥风者矣⑬。杜笃、贾逵⑭，亦有声于文，迹其为才⑮，崔、傅之末流也⑯。李尤赋铭⑰，志慕鸿裁，而才力沉膇⑱，垂翼不飞。马融鸿儒⑲，思洽识高⑳，吐纳经范㉑，华实相扶。王逸博识有功㉒，而绚采无力㉓。延寿继志㉔，瑰颖独标㉕，其善图物写貌，岂枚乘之遗术欤？张衡通赡㉖，蔡邕精雅㉗，文史彬彬㉘，隔世相望，是则竹柏异心而同贞，金玉殊质而皆宝也。刘向之奏议㉙，旨切而调缓；赵壹之辞赋㉚，意繁而体疏；孔融气盛于为笔㉛，祢衡思锐于为文㉜，有偏美焉。潘勖凭经以骋才㉝,故绝群于锡命㉞;王朗发愤以托志,亦致美于序铭㉟。然自卿、渊已前,多役才而不课学;雄、向以后,颇引书以助文㊱,此取与之大际㊲,其分不可乱者也。

【注释】

① 桓谭:东汉初学者。② 猗顿:春秋富商,这里是说桓谭的著作多得像猗顿的财富。见《论衡·佚文篇》。③ 爰比相如:《后汉书·宋弘传》称桓谭几乎能及扬雄、刘向父子,不用说比相如。④ 集灵:集灵宫,在华阴。桓谭看到集灵宫,作《仙赋》。集灵即集仙。⑤ 敬通:冯衍的字。他曾劝说王莽属将廉丹起义,没有成功。他又劝刘玄属将鲍永安抚北方。刘玄死后,他归附光武帝刘秀。刘秀怨他归附得慢,不再信用。⑥ 坎壈:形容不得志。⑦ 显志:即《显志赋》。自序:是冯衍自序生平的著名文章。⑧ 蚌病成珠:喻指因不得志而写出好文章来。⑨ 奕叶:累代,指两代。⑩《王命》:《王命论》,见《论说》注。⑪《新序》:前汉刘向著,叙录可供封建统治者借鉴的遗文故事。⑫ 璇璧:精美璧玉。昆冈:产玉处。⑬ 傅毅、崔骃、崔瑗、崔寔:都是后汉作家。比肩:指齐名。踵武:继步,前后相接。世:世代相继。厥:其。⑭ 杜笃、贾逵:后汉作者。笃有《论都赋》,逵有《神雀颂》,在当时均有名。⑮ 迹:考。⑯ 末流:后列。⑰ 李尤:王莽手下将军。著有《函谷关赋》、《函谷关铭》等。⑱ 沉腄(zhuì):指滞钝。腄:脚肿。⑲ 马融:有《广成颂》。鸿:大。⑳ 洽:博通。㉑ 吐纳:指发言。㉒ 王逸:著《楚辞章句》,有学识。㉓ 绚:文采。㉔ 延寿:王逸子,著《鲁

灵光殿赋》。㉕ 瑰颖：瑰奇突出。颖，禾芒，指秀出。㉖ 张衡通赡：张衡作《二京赋》，学博才富。㉗ 蔡邕：以创作碑铭著称。㉘ 彬彬：形容有文有质。㉙ 刘向之奏议：刘向的奏议文，感叹外戚王氏专权，言极痛切，反复申明。㉚ 赵壹之辞赋：赵有《刺世嫉邪赋》，同一意思反复申说，赋中多用诗句，体裁不严密。㉛ "孔融"句：孔的奏章如《荐祢衡表》写得有气势，所以说"气盛"。㉜ "祢衡"句：祢在酒席上写《鹦鹉赋》，字句不加修改而成，所以说"思锐"。㉝ 潘勖凭经：潘写《策魏公九锡文》，模仿经书。㉞ 锡命：九锡的命令。九锡是天子赐给诸侯的九样事物，汉以后，大臣篡位前都有九锡。㉟ 王朗：三国魏臣，著有奏议论记。杨明照先生注指出《铭箴》称王朗"约文举要，宪章戒铭"，证明他是有铭文的。㊱ 役才：本作"俊才"，误。卿、渊：司马相如（字长卿）和王褒（字子渊）。雄、向：扬雄和刘向。㊲ 际：犹分界。

魏文之才，洋洋清绮①，旧谈抑之，谓去植千里。然子建思捷而才㒞②，诗丽而表逸③，子桓虑详而力缓④，故不竞于先鸣；而乐府清越，《典论》辩要⑤，迭用短长⑥，亦无懵焉⑦。但俗情抑扬，雷同一响⑧，遂令文帝以位尊减才，思王以势窘益价，未为笃论也⑨。仲宣溢才⑩，捷而能密，文多兼善，辞少瑕累⑪，摘其诗赋，则七子之冠冕乎⑫！琳、瑀以符檄擅声⑬，徐干以赋论标美⑭，刘桢情高以会采⑮。应玚学优以得文⑯，路粹、杨修颇怀笔记之工⑰，丁仪、邯郸亦含论述之美⑱，有足算焉⑲。刘邵《赵都》⑳，能攀于前修㉑；何晏《景福》^㉒,克光于后进;休琏风情^㉓,则《百壹》标其志^㉔;吉甫文理^㉕,则《临丹》成其采^㉖;嵇康师心以遣论^㉗,阮籍使气以命诗^㉘,殊声而合响,异翮而同飞。

【注释】

① 洋洋:状广大。② 隽:同"俊"。③ 逸:卓越。④ 子桓:曹丕的字。⑤ 乐府:曹丕有乐府《燕歌行》,是魏七言诗的创始。又,《典论·论文》为魏文论的创始。⑥ 迭:犹互。短长:指互有短处和长处。⑦ 懵:不明。⑧ 雷同:雷响时各物同应,指人云亦云。⑨ 笃论:确论。⑩ 仲宣:王粲的字。⑪ 瑕累:疵累。⑫ 七子:指孔融、陈琳、王粲、徐干、阮瑀、应玚、刘桢。冠冕:居首。⑬ 符:符命,歌功颂德的文字,这里指章表。⑭ 赋论:此指徐干所著《中论》和《玄猿赋》。⑮ 情高以会采:指刘桢文有气势和文采。⑯ "应玚"句:指应富有才学。⑰ 笔记之工:指工于书记。⑱ 论述之美:指善于论述。⑲ 算:计数。⑳ 刘邵:字孔才,所作《赵都赋》,严可均《全三国文》有辑文。㉑ 前修:前贤。㉒《景福》:指何晏所作《景福殿赋》。㉓ 休琏:应璩的字。㉔《百壹》:见《明诗》注。㉕ 吉甫:晋应贞的字。㉖ 临丹:在出丹砂的水上。㉗ "嵇康"句:嵇著有《养生论》、《声无哀乐论》,都具有独创性。师心:指独创。㉘ 命诗:阮籍志气宏放,著有《咏怀》诗八十余首。

张华短章,奕奕清畅^①,其《鹪鹩》寓意,即韩非之《说难》也^②。左思奇才,业深覃思^③,尽锐于《三都》④,拔萃于《咏史》⑤,无遗力矣。潘岳敏给⑥,辞自和畅,钟美于《西征》⑦,贾余于哀诔⑧,非自外也。陆机才欲窥深,辞务索广,故思能入巧而不制繁⑨;士龙朗练⑩,以识检乱,故能布采鲜净,敏于短篇。孙楚缀思⑪,每直置以疏通⑫;挚虞述怀,必循规以温雅;其品藻《流别》⑬,有条理焉。傅玄篇章,义多规镜⑭,长虞笔奏⑮,世执刚中⑯;并桢、干之实才⑰,非群华之韡萼也⑱。成公子安⑲,选赋而时美;夏侯孝若⑳,具体而皆微㉑;曹摅清靡于长篇㉒,季鹰辨切于短韵㉓,各其善也。孟阳、景阳㉔,才绮而相埒㉕,可谓鲁卫之政、兄弟之文也㉖。刘琨雅壮而多风㉗,卢谌情发而理昭㉘,亦遇之于时势也。

【注释】

①奕奕:形容美好。②《鹪鹩》寓意:张华有《鹪鹩赋》,序里说,鹪鹩是平凡的小鸟,不像孔雀、翡翠那样因有文采而遭人捕捉,指出有才的容易被害。《韩非子·说难》指出向君主进谏,会因触犯了他而杀。两者有相通处。③覃:深。④《三都》:《三都赋》。左思花了十二年功夫搜集材料作成。⑤拔萃:喻杰出。萃,草丛生。⑥敏给:敏捷。⑦钟:聚。潘岳的《西征赋》,表现了他的才华。⑧贾余:出卖多余的才力,指文才有余。潘岳以创作哀诔著名。⑨繁:文辞繁富。⑩士龙:陆机弟陆云,文章短小精练。⑪孙楚缀思:指他的诗,如"零雨之章"。⑫直置:直书其事而置之句中,即不用典。⑬品藻:品评。《流别》:挚虞的《文章流别》,见《序志》注。⑭规镜:鉴戒。⑮长虞:傅咸

字。⑯ 世:世代,指傅玄、傅咸父子两代。⑰ 桢、干:筑泥墙时,在两头树木叫桢,在两边拦木叫干,喻指重要才具。⑱ 韡(wěi):形容有光彩。萼:花瓣的外部。⑲ 子安:成公绥字。⑳ 孝若:夏侯湛字。他仿《尚书》作《昆弟诰》,补《诗经》中亡失的《南陔》、《白华》等诗。㉑ 具体而皆微:具备《诗经》、《尚书》的体裁,只是规模小些。㉒ 曹摅:晋人,字颜远。靡:细致。㉓ 季鹰:张翰字。短韵:短篇。㉔ 孟阳:张载字。景阳:张协字。㉕ 埒(liè):同等。㉖ 鲁卫之政:语见《论语·子路》:"鲁卫之政,兄弟也。"兄弟,比喻不相上下。㉗ 风:讽谕,诗中引用古事来寓意。刘琨要恢复中原,后被鲜卑族段匹磾所拘禁。他作诗给卢谌,希望卢能救他脱险。㉘ 昭:明通,明白。刘琨被害死后,卢谌上表东晋朝廷,替刘申诉,写得情发理昭。

景纯艳逸①,足冠中兴,郊赋既穆穆以大观②,仙诗亦飘飘而凌云矣③。 庾元规之表奏④,靡密以闲畅⑤;温太真之笔记⑥,循理而清通:亦笔端之良工也。 孙盛、干宝,文胜为史⑦,准的所拟,志乎典训⑧;户牖虽异⑨,而笔彩略同。 袁宏发轸以高骧⑩,故卓出而多偏⑪;孙绰规旋以矩步。 故伦序而寡状⑫。 殷仲文之孤兴⑬,谢叔源之闲情⑭,并解散辞体,缥渺浮音;虽滔滔风流,而大浇文意。

【注释】

① 景纯:郭璞字。② 郊赋:《南郊赋》。穆穆:状庄敬。

③ 仙诗:《游仙诗》。④ 元规:庾亮字。⑤ 靡:细。⑥ 太真:温峤字。⑦ 孙盛、干宝:都是史家。史:指文胜过质。⑧ 典训:《尚书》中的典和训。⑨ 户牖:犹门户途径。⑩ 发轫:开车。高骧:马昂头快跑。⑪ 卓出而多偏:指袁宏作品前半杰出,后半稍弱。⑫ 寡状:指孙绰《天台山赋》对山水缺少描摹。⑬ 孤兴:未详。⑭ 叔源:谢混字。闲情:未详。孤兴、闲情之文都不合规格,因它们宣扬清谈的风流,使文意浮薄。

宋代逸才,辞翰鳞萃①,世近易明,无劳甄序②。

观夫后汉才林,可参西京;晋世文苑,足俪邺都③。然而魏时话言,无以元封为称首④;宋来美谈,亦以建安为口实⑤,何也? 岂非崇文之盛世,招才之嘉会哉? 嗟夫,此古人所以贵乎时也!

【注释】

① 萃:聚。② 甄:审察区别。③ 俪:配,偶。邺都:魏的都城,在今河南临漳县西。④ 元封:汉武帝年号。⑤ 口实:谈话的资料。

赞曰:才难,然乎? 性各异禀。 一朝综文,千年凝锦。 余采徘徊,遗风籍甚①。 无曰纷杂,皎然可品。

【注释】

① 籍甚:著名。

【翻译】

九代文章，极其繁富；它的辞语文采，总起来可以说一说，虞、夏的文章，有皋陶的六德，夔安排的八音，伯益的赞，五子作的歌，都是辞义温文正确，可作为万世的法式。商、周时代有仲虺留下的诰，伊尹讲述的训，还有尹吉甫等人都赋诗作颂，讲的道理已成为经典，文辞也值得学习。

到春秋时的大夫们，在聘问盟会时修饰辞令，繁富得像美玉的园地，光彩得像锦绣的店铺。蓬敖编选楚国的典章，随会讲究晋国的礼法，赵衰因为熟悉仪制跟随赴宴，子产因善于措辞捍卫郑国，子太叔秀美而文，公孙挥善于辞令，都是文名昭著的人。

战国时代任用武力，但文人仍不断出现。诸子提出学说供人采择，屈原、宋玉写出《楚辞》发扬文采。乐毅《报燕惠王书》明辨是非而立论正大，范雎《上秦昭王书》措辞含蓄而用意深切，苏秦游说各国的文辞有力量而切合情势，李斯《谏逐客书》富文采而能打动人心。要是在崇尚文章的时代，就都成为扬雄、班固之流了。荀子是学术界的领袖，却摹状事物来作赋，文辞和内容相称，确实表达出大儒的情思。

汉代陆贾，首先显露不凡的文采，给孟春作赋，又进献《新语》，最富于论辩。贾谊才华杰出，胜过飞兔，议论恰切而辞赋清新，岂是凭空所能达到？枚乘的《七发》，邹阳的上书，笔酣墨饱，气势旺盛。董仲舒是专门的儒生，司马迁是纯正的史家，却写出繁艳的文章，也是属于诗人诉说哀愁之类。司马相如喜欢读书，学习屈原、宋玉，深入而夸艳,成为辞赋的领袖,但考核其中的精义,情理逊于辞采,所以扬雄认为"文辞艳丽而不切实用的是司马相如",这是确实的话!王褒安排辞采,以细致精巧见长,写声绘貌,清妙可观。扬雄命意谋篇,辞义最为深刻,看他的内容深广,选辞奇丽,这是尽全力深入钻研,所以能够内容丰富而文辞确切。

桓谭撰写论说,多得像猗顿的财富,宋弘推荐他,把他比作司马相如,可是他写的集灵宫等赋,偏狭浅薄缺乏才华,所以知道他只善于讽谕,不擅长艳丽文字。冯衍一向爱好游说,可在盛明之世很不得志,自序生平的《显志赋》也像蚌病了才孕成明珠。班彪、班固和刘向、刘歆,都是两代文采先后相继。以前认为班固的文章胜过班彪,刘歆的学问精于刘向,然而班彪的《王命论》清新善辩,刘向的《新序》富赡精练,昆仑山出产的美玉,再好也难超过它的产地。傅毅、崔骃文才相并,崔瑗、崔寔跟上,文风能世代相继。杜笃、贾逵,在文章上也有声名,考究他们的文才,只是崔、傅的末流。李尤的赋铭,有志于大篇鸿文,可是才力滞钝,像垂着双翅不飞。马融为一代大儒,思想博通且见解高超,发言成为规范,文采内容相称。王逸学识上很有成就,运用文采却缺乏才力。王延寿继承父志,才华独出,善于描摹物态,该是枚乘传下来的技巧吧?张衡学识博通、文才富赡,蔡邕学识精纯、文辞雅正,都是文史并美,隔代并称,这是竹、柏的心不同而同样耐寒,金、玉的质地不同而都成宝物。刘向的奏议,用意深切而语调平缓;赵壹的辞赋,辞意繁复而体制疏阔;孔融的笔意气昂扬,祢衡的赋文思敏捷:他们的优点都有所偏。潘勖依傍经学来驰骋文才，所以他写的锡命超群；王朗发愤著作以寄托意志，所以他的序、铭精美。然而司马相如、王褒以前，多数驰骋文才而不考求学问，扬雄、刘向以后，往往引用书句来帮助撰文，这是取舍的大概，它的分别是不能混淆的啊！

魏文帝的文才，充沛而清丽，旧说抑低他，说比曹植相差千里。虽然曹植文思敏捷而才华卓越，诗歌清丽而表章杰出，曹丕思虑周详而气力疲缓，所以不能跟曹植争胜；但是他的乐府诗音节嘹亮，《典论》辩论得当，互有短长，也不该不看到。只是俗情喜欢有所抑扬，同声附和，便使曹丕因地位尊贵减损了才华，曹植因处境窘迫增加了身价，这不是确当的评价。王粲才华充溢，敏捷而又绵密，兼长各体，辞句很少毛病，选出他的诗赋代表作来看，在"建安七子"中应居首位了。陈琳、阮瑀以章表檄文著名；徐干因辞赋议论称美，刘桢情志高尚兼有文采，应玚学问优秀又有文才，路粹、杨修颇工于书记，丁仪、邯郸淳也擅于论著，这都是可以数得上的。刘邵的《赵都赋》，能追攀前辈；何晏的《景福赋》，能够照耀后进；应璩的风情，则有《百壹诗》来标举心志；应贞的文理，有《临丹赋》构成辞藻。嵇康创造性地发挥议论，阮籍凭着气势来写诗篇，这都像用不同的声音来合奏，张不同的翅膀以齐飞。

张华的短篇，美好而文理清畅，他的《鹪鹩赋》的命意，就是韩非的《说难》。左思奇才，文字成于深思，精华尽在《三都》，名句见于《咏史》，可说用了全部才力。潘岳敏捷，文辞和畅，美才体现于《西征》，余力显现在哀诔，而并非有意炫耀。陆机才气要求深入，文辞力图宏富，所以文思能臻巧妙却不能制约繁辞。陆云明朗精练，用识力来制止散乱，所以能使文采鲜明洁净，擅写短篇。孙楚构思，往往措辞直率，以期疏朗通达；挚虞陈述怀抱，一定按照规矩以期温雅，他评论作品的《文章流别》，颇具条理。傅玄的文章，多讲鉴戒；傅咸的奏章，继承先人，写得刚直中正，都是桢干般的实材，并非群花的花萼。成公绥，选题作赋常见优美；夏侯湛，模仿《诗》、《书》具体而微。曹摅的长篇清通而细致，张翰的短诗明辨而确切，都各有优点。张载、张协，才华绮丽而相当，可以说像鲁、卫之政，是兄弟之文。刘琨诗雅正雄壮而多有讽谕，卢谌文抒发情感理论明通，也都是遭逢时世造成的。

郭璞艳丽卓越，晋室中兴后足称首屈一指，《南郊赋》既庄严大观，《游仙诗》也飘然凌云。庾亮的奏章，细密而从容畅达；温峤的笔札，条理而文辞清通：也是写作中的能工巧匠。孙盛、干宝，善于文辞而写史，追求标的在于典训；门径虽不一样，而文辞大体相同。袁宏发端高昂，所以能杰出而有偏向；孙绰规矩回旋，所以有条理而少描摹。殷仲文的咏孤兴，谢混的写闲情，都是解散文辞的体制，成为缥缈的言辞，虽是滔滔的清谈风气，却使文章大为浮薄。

宋代文才卓越的人，作品多如鱼鳞，时代相近容易知道，不烦铨评叙述。

且看后汉众才，可上比前汉；晋代文坛，能相并曹魏。然而曹魏的议论，一定首推元封；刘宋以来的美谈，也必尊崇建安，这为什么？岂非由于这两个时代正当崇尚文学的盛世，招集才人的盛会吗？唉！这是古人所以看重时代啊！

赞道：人才难得，性情各异。一个时代汇总了文才，经历千年成为美锦。留下的文采影响存在，流传的风貌声名籍甚。不要说作品纷杂，还是可以很明白地加以品评。

知音第四十八

《知音》是刘勰的鉴赏论。他指出在评价作品时要避免三个缺点：一、不要贵古贱今；二、不要崇己抑人；三、不要信伪迷真。还要避免个人偏爱，以免作出不正确的评价。这要靠看得多，看多了才好比较，才分得出高下来。如听音乐，不光要多听，还要会演奏各种乐器，要多演奏即要多实践。经过长期的创作实践，懂得创作的甘苦，有利于对创作作出恰当评判来。

对具体作品的鉴赏，他提出六观说：一观位体，先看情理设位，形成体貌，即看作品的内容，看作者怎样按照内容所选择的文体和形成的风格。二观置辞，看作者怎样按照内容来安排文辞，注意各种修辞写法。三观通变，看作者在继承和新变上有什么表现。四观奇正，看作者在执正驭奇上表现得怎样。五观事义，看作者在引事引言上是否用得确切。六观宫商，看作品在声律上是否美好。在这六观里，既要看到作品的内容，作品中的引事引言，作者对内容的安排和修辞，又要看到文辞的音节美和所构成的风格。还要和同类作品作比较，看它的继承和发展。不是极熟悉同类作品的，很难办到。

这样讲鉴赏，有三点更值得注意：一要会操曲，即有创作实践经验，注意创作实践。二要避免个人偏向，要能识异量之美。三要观通变，对同类作品要看它们的继承和发展。能办到这些，更有利于鉴赏。

知音其难哉①！音实难知，知实难逢，逢其知音，千载其一乎！夫古来知音，多贱同而思古，所谓"日进前而不御，遥闻声而相思"也②。昔《储说》始出，《子虚》初成，秦皇汉武，恨不同时；既同时矣，则韩囚而马轻③，岂不明鉴同时之贱哉！至于班固、傅毅，文在伯仲，而固嗤毅云："下笔不能自休。"④及陈思论才，亦深排孔璋，敬礼请润色，叹以为美谈⑤；季绪好诋诃，方之于田巴⑥，意亦见矣⑦。故魏文称"文人相轻"⑧，非虚谈也。至如君卿唇舌，而谬欲论文，乃称"史迁著书，咨东方朔"⑨，于是桓谭之徒，相顾嗤笑。彼实博徒⑩，轻言负诮⑪，况乎文士，可妄谈哉！故鉴照洞明，而贵古贱今者，二主是也；才实鸿懿，而崇己抑人者，班、曹是也；学不逮文，而信伪迷真者，楼护是也。酱瓿之议，岂多叹哉⑫！

【注释】

① 知音：懂得音乐中所表达的声情，能欣赏音乐，这里借指能够欣赏和评价作品。② 御：用。声：名声。这两句引文见《鬼谷子·内揵》篇。③ "昔《储说》始出"六句：《史记·韩非传》说，韩非著《孤愤》、《五蠹》、《内外储》等

篇,传入秦国。秦王(即后来的秦始皇)看了《孤愤》、《五蠹》,说:"唉!我能看到这人,跟他交往,死都甘心!"后来韩非到了秦国,李斯等人害他,把他关在牢里,逼他自杀。《汉书·司马相如传》说,汉武帝读《子虚赋》,说:"我却不能跟这人同时啊!"后来召见司马相如,却把他看作倡优那样的弄臣。④ 伯仲:老大、老二,指不相上下。班固看轻傅毅的话,见曹丕《典论·论文》。⑤ 美谈:佳话。曹植《与杨德祖书》,说陈琳(字孔璋)不善于写辞赋,却自比司马相如,好比画虎不成反类狗。又说,丁廙(字敬礼)请我改文章,说:"后世有谁知道你,能够改定我的文章呀!"并称这话为美谈。⑥ 季绪:刘修的字。曹植说:"刘修不善创作,却好批评。从前田巴好攻击人,被鲁仲连驳倒,从此不敢再开口。刘修也会像田巴那样的。"方:比拟。⑦ 意亦见矣:指曹植爱听好话,讨厌批评,有文人相轻之意。⑧ 文人相轻:见曹丕《典论·论文》。⑨ 君卿:楼护。见《论说》篇注。唇舌:有口才。咨:询问。⑩ 博徒:赌徒,指微贱的人。⑪ 诮:讥讽。⑫ 酱瓿:装酱的陶罐。《汉书·扬雄传赞》载,刘歆看了扬雄的《太玄》,对扬雄说:"我怕后人只用它来盖酱瓮(当时的书是写在木版上的)。"这里含有知音难得的感叹。

夫麟凤与麏雉悬绝①,珠玉与砾石超殊②,白日垂其照,青眸写其形③。 然鲁臣以麟为麏④,楚人以雉为凤⑤,魏氏以夜光为怪石⑥,宋客以燕砾为宝珠⑦。 形器易征,谬乃若是;文情难鉴,谁曰易分?

夫篇章杂沓⑧，质文交加，知多偏好，人莫圆该⑨。慷慨者逆声而击节⑩，酝藉者见密而高蹈⑪；浮慧者观绮而跃心，爱奇者闻诡而惊听。会己则嗟讽⑫，异我则沮弃⑬，各执一隅之解，欲拟万端之变，所谓东向而望，不见西墙也。

【注释】

① 麇（jūn）：獐的别名，鹿属，似鹿而小。② 砾石：小石子。③ 青眸：黑的瞳仁。④ 鲁臣以麟为麇：《公羊传》哀公十四年载，鲁人获麟，说是有角的麇。⑤ 楚人以雉为凤：《尹文子·大道下》说楚人有挑着山雉的，路人问："是什么鸟？"那人骗他说是凤凰，他真把它当作凤凰买下了。⑥ 以夜光为怪石：《尹文子·大道下》说：魏国农民得宝玉，夜里发光，去问邻人，邻人骗他是怪石，他便把它抛了。⑦ 以燕砾为宝珠：《艺文类聚》卷六引《阙子》说，宋人把燕国石子当作珠宝。⑧ 沓（tà）：重复。⑨ 该：兼备。⑩ 逆：迎着。⑪ 酝藉：有涵养。高蹈：举足高，指高兴。⑫ 讽：诵读。⑬ 沮：阻止。

凡操千曲而后晓声①，观千剑而后识器②，故圆照之象③，务先博观。阅乔岳以形培塿④，酌沧波以喻畎浍⑤。无私于轻重，不偏于憎爱，然后能平理若衡⑥，照辞如镜矣。是以将阅文情，先标六观：一观体位，二观置辞，三观通变，四观奇正，五观事义⑦，六观宫商⑧。斯术既形，则优劣见矣。

【注释】

① 操：犹奏乐。② 器：器物，指剑。③ 照：观察。象：犹法。④ 乔岳：高山。培塿（pǒu lóu）：小土堆。⑤ 酌沧波：汲取沧海水。喻：懂得。畎浍（quǎn kuài）：田间小水沟。⑥ 衡：秤。⑦ 事义：即事类，指文中引用材料，如事件、典故、引文。⑧ 宫商：音律，如平仄节奏。

夫缀文者情动而辞发，观文者披文以入情，沿波讨源①，虽幽必显②。世远莫见其面，觇文辄见其心③。岂成篇之足深？患识照之自浅耳。夫志在山林，琴表其情④，况形之笔端，理将焉匿⑤？故心之照理，譬目之照形，目瞭则形无不分⑥，心敏则理无不达⑦。然而俗监之迷者⑧，深废浅售⑨，此庄周所以笑《折杨》⑩、宋玉所以伤《白雪》也⑪。昔屈平有言："文质疏内，众不知余之异采。"⑫ 见异唯知音耳。扬雄自称："心好沉博绝丽之文。"⑬ 其不事浮浅⑭，亦可知矣。夫唯深识鉴奥，必欢然内怿⑮，譬春台之熙众人⑯，乐饵之止过客⑰。盖闻兰为国香，服媚弥芬⑱；书亦国华，玩绎方美⑲；知音君子，其垂意焉。

【注释】

① 讨：探索。② 幽：隐微。③ 觇（chān）：观。辄：往往。④ 琴表其情：《吕氏春秋·本味》说伯牙弹琴，一时志在泰山，一时志在流水。钟子期一听琴音，就能知道。⑤ 焉：怎么。匿：隐藏。⑥ 瞭：眼明。⑦ 达：通晓。⑧ 监：

鉴察,观察。⑨ 售:得售,得到赏识。⑩ 笑《折杨》:《庄子·天地》说,古乐俗人听不进去,听到《折杨》等俗曲便高兴地笑。⑪ 伤《白雪》:宋玉《对楚王问》说,国中能够和着唱《阳春白雪》歌的只有数十人。言能赏识的人少。⑫ "昔屈平有言"句:见屈原《九章·怀沙》:"文质疏内。"即文疏质讷。外表疏疏落落,不加修饰,内质朴实。内,同"讷",朴实。⑬ "扬雄自称"句:扬的话见《答刘歆书》。⑭ 事:从事。⑮ 怿(yì):悦乐。⑯ "譬春台"句:《老子》:"众人熙熙(状和乐),如春登台。"⑰ "乐饵"句:《老子》:"乐与饵(食品),止过客。"⑱ 服:服用,指佩戴。媚:爱好。⑲ 玩:赏玩。绎:推求义蕴。本作"泽",误。

赞曰:洪钟万钧①,夔旷所定②。良书盈箧③,妙鉴乃订④。流郑淫人⑤,无或失听。独有此律,不谬蹊径。

【注释】

① 钧:三十斤。② 夔:尧舜时的音乐官。旷:师旷,晋国的音乐官。③ 箧(qiè):箱。④ 订:校订。⑤ 流:流荡。郑:郑国的靡靡之音。淫人:使人迷惑。淫,过分。

【翻译】

知音多么困难啊!音确实难以懂得,知音确实难以遇到,遇到知音,千年中只有一次吧!从古以来的知音,多数看轻同时人而怀念古人,所谓"每天送到面前却不用,老远听见名声便想念"。从前《内外储说》开始流传,《子虚赋》刚刚写出,秦始皇、汉武帝看到了,遗憾不能和作者同时;后来知道是同时人了,可韩非被囚禁,司马相如被轻视,岂非清楚地说明看轻同时人吗?至于班固、傅毅,文章不相上下,可是班固讥笑傅毅,说他"一下笔就不能自己收住"。到曹植评论文才,也极力贬低陈琳,丁廙请他修改文章,并说了恭维的话,他赞叹认为是美谈;刘修喜欢批评文章,他就把刘修比作田巴,他的态度也就够明显了。所以魏文帝说"文人相轻",决非空话。至于楼护以为有口才,却荒谬地想谈论文章,说什么"司马迁著书,请教东方朔",因此桓谭等人都笑他。他本来没什么地位,轻率发言而被人耻笑,何况文人,怎么可以乱说呢?所以观察得深切明白,却又看重古人轻视当代的,上面所说两位君主便是;文才确实博大美好,却抬高自己贬低别人的,班固、曹植便是;学问够不上谈文,却信伪乱真的,楼护便是。担心著作给后人用来盖酱瓮,难道是多余的感叹吗!

麒麟、凤凰和獐鹿、野鸡相差极远,宝珠、璧玉与沙砾、石块完全不同,在阳光照耀之下,有眼睛观察它们的形态,可是鲁臣把麒麟当作獐鹿,楚人把野鸡当作凤凰,魏人把夜光璧当作怪石,宋人把燕石当作宝珠。具体的东西容易考察,却还发生这样的谬误,文情难以鉴别,谁能说容易区别?

篇章复杂,质文交结,爱好多有所偏,不能全面审察。慷慨的人碰到声调激昂的就赞赏,有涵养的人看到细致含蓄的就高兴,喜欢浮华的人看到绮丽的就动心,爱好新奇的人听到奇诡的就惊异。合乎自己爱好的便赞叹诵读,不合自己口味的便抛弃不看,各自执著一偏的见解,要想适应万种的变化,正像向东望,不见西墙。

演奏上千个曲子然后懂得音乐,观察了上千把剑然后识别利器,所以要全面了解,务必先多看。看了高山更显得土堆之小,经过沧海更识得沟水之浅。没有或轻或重的私心,没有或憎或爱的偏见,然后能够像天平般称量内容的高下,像镜子般照见文辞的美恶了。因此,要审察文章的情思,得看六个方面:第一看体制安排,第二看文辞的布置,第三看继承变化,第四看奇正表现,第五看运用事类,第六看音调声律。照此实行,优劣就显出来了。

作者先有了情思再发为文辞,读者先读了文辞再了解情思,沿着波流上溯源头,即使隐微的也定会显露。年代相隔遥远不能看到面貌,看了文章却常能看到心情。难道篇章过于艰深吗?只怕识鉴的浅薄罢了。心在山水,琴音就表达山水之情,何况在文字上表达出来,哪能隐藏得住?所以心的观察情理,好比眼的观察形貌,眼睛明亮那形貌就没有不能分别,心思敏慧那情理就没有不能理解。然而世俗的糊涂读者,抛弃深沉的而赏识浅薄的,这是庄周所以讥笑《折杨》,宋玉所以感伤《白雪》。从前屈原说过:"外表不加华饰而内质朴实,众人看不到我的奇光异彩。"能看到奇光异彩的只有知音啊!扬雄自己说过:"心里爱好深沉渊博绝顶华丽的文辞。"他不喜浮浅也就可以知道了。只有鉴识深远的人,才内心感到喜悦,好比春天登台能欢悦众人,音乐、美味能留住过客。听说兰花是国家的香花,喜爱它、佩戴它会感到更加芬芳;好作品也是国家的香花,要反复体味它才感觉美妙;知音的君子,请留心这一点。

赞道：大钟万钧，夔和师旷所制定。好作品满箱，高妙的鉴赏者才能评定。放荡的靡靡之音会迷惑人，不要不会听。只有遵循这个规律，才不会弄错路径。

序志第五十

《序志》即全书的总序。

先解释书名："文心"是讲作品的用心，"雕龙"是讲作文要讲究文采。有取于驺奭的修辞语言像刻龙纹。这说明他是用骈文来写的，骈文像雕刻龙纹一样讲究辞藻。接着讲写作目的：一是想留名后世，用的是孔子的说法，表达对孔子的崇拜。二是说文章的功用，在于用来完成礼制、法典等著作，记军国大事，是经典的支流。这样讲，是要纠正当时浮靡的文风。三是不满意魏晋以来的文论著作，认为它们只看到一角，不能作全面的、穷源竟委的论述。

再讲全书的结构：一、文之枢纽，即总纲，包括《原道》、《征圣》、《宗经》、《正纬》、《辨骚》。说明文章的根源是道，要写对道的认识。能认识道的是圣人，所以要以圣人的著作做检验。圣人的著作是经书，所以要宗法经书。当时认为纬书是配经书的，他认为只能从中汲取一些辞藻。文章要因时变化，所以举《离骚》来讲它的新变。二、文体论，分论文叙笔，即讲有韵文和无韵文，分列各种文体。讲各种文体的起源和流变，解释各种文体的名称和意义，选出各体文的代表作加以论述,讲各体文的写作要求。三、讲创作论,分析情理和文采,讲创作构思、风格、体势、通变、修辞、声律、章句等创作问题。四、讲文学史、作家论、鉴赏论、作家品德等。五、总序。全书构成体大思精之作。

夫"文心"者,言为文之用心也。昔涓子《琴心》①,王孙《巧心》②,心哉美矣,故用之焉。古来文章,以雕缛成体③,岂取驺奭之群言雕龙也④?夫宇宙绵邈⑤,黎献纷杂⑥,拔萃出类,智术而已。岁月飘忽,性灵不居⑦,腾声飞实,制作而已。夫人肖貌天地,禀性五才,拟耳目于日月,方声气乎风雷⑧,其超出万物,亦已灵矣。形同草木之脆,名逾金石之坚,是以君子处世,树德建言。岂好辩哉?不得已也!

【注释】

① 涓子:战国楚人,亦作蜎子,即环渊,是道家,著有《琴心》。② 王孙:是儒家,著有《巧心》。③ 雕缛:修饰和文采。缛,文采丰富。④ 驺奭(zōu shì):战国时齐人,他善于修饰语言,像雕刻龙纹,当时人称他为"雕龙奭"。⑤ 绵邈:遥远。⑥ 黎:黎民,百姓。献:贤人。⑦ 性灵:人的秉性灵秀。居:停留。⑧ 人肖貌天地:人的容貌好像天地一样。这种把人的耳目呼吸比作日月风雷的说法,是汉朝人的迷信说法。《汉书·刑法志》:"夫人肖天地之貌,怀五常之性。"人,本作"有",误,据范文澜《文心雕龙注》改。五才:本指五行,这里承"五常之性"来,指仁、义、礼、智、信。又,

五行既指金、木、水、火、土,也指五常。

予生七龄,乃梦彩云若锦,则攀而采之。齿在逾立①,则尝夜梦执丹漆之礼器②,随仲尼而南行③,旦而寤④,乃怡然而喜⑤。大哉圣人之难见哉,乃小子之垂梦欤⑥!自生人以来,未有如夫子者也⑦!敷赞圣旨⑧,莫若注经,而马、郑诸儒⑨,弘之已精;就有深解,未足立家。唯文章之用,实经典枝条,五礼资之以成⑩,六典因之致用⑪,君臣所以炳焕,军国所以昭明,详其本源,莫非经典。而去圣久远,文体解散,辞人爱奇,言贵浮诡,饰羽尚画,文绣鞶帨⑫,离本弥甚,将遂讹滥⑬。盖《周书》论辞,贵乎体要⑭;尼父陈训,恶乎异端⑮。辞训之异,宜体于要⑯,于是搦笔和墨⑰,乃始论文。

【注释】

① 逾立:孔子称"三十而立"(《论语·为政》),所以"逾立"指过了三十岁。② 礼器:祭祀用的笾(竹制圆器)、豆(木制,像高脚盆子)。③ 仲尼:孔子的表字。④ 寤:睡醒。⑤ 怡然:状喜悦。⑥ 垂梦:示梦,在梦中显现。⑦ 夫子:老师,指孔子。⑧ 敷赞:敷衍赞明,即发挥说明。⑨ 马、郑:皆为后汉大儒。马,马融,他注《孝经》、《论语》、《诗》、《易》、《书》、《三礼》等。郑,郑玄,马融弟子,注《易》、《诗》、《书》、《礼》、《仪礼》、《论语》、《孝经》等。⑩ 五礼:吉、凶、宾、军、嘉。⑪ 六典:治典(指治理,即政治)、教典(指教

化)、礼典(指礼乐)、政典(指平定天下,即军事)、刑典(指刑法)、事典(指生养,即经济)。见《周礼·大(太)宰》。⑫ 鞶(pán):皮带。帨(shuì):佩巾。皮带上不好刺绣,不需要刺绣,"帨"字可能只作陪衬用。⑬ 讹(é):谬谈,指颠倒文句等,见《定势》篇。⑭ 贵乎体要:同《伪古文尚书》中《周书·毕命》的"辞尚体要"。体要,体察要义。⑮ 尼父:孔子字仲尼,尊称为尼父。《论语·为政》:"子曰:'攻乎异端,斯害也已!'"⑯ "辞训之异"二句:当是互文,即陈训恶异,论辞体要。⑰ 搦:握。

详观近代之论文者多矣:至于**魏文述典**①,**陈思序书**②,**应玚文论**③,**陆机《文赋》**④,**仲治《流别》**⑤,**弘范《翰林》**⑥,各照隅隙,鲜观衢路;或臧否当时之才⑦,或铨品前修之文⑧,或泛举雅俗之旨,或撮题篇章之意。魏典密而不周⑨,陈书辩而无当⑩,应论华而疏略⑪,陆赋巧而碎乱⑫,《流别》精而少功⑬,《翰林》浅而寡要⑭。又君山、公干之徒⑮,吉甫、士龙之辈⑯,泛议文意,往往间出,并未能振叶以寻根,观澜而索源。不述先哲之诰,无益后生之虑。

【注释】

① 魏文:魏文帝曹丕,著有《典论·论文》,是著名的文学论。② 陈思:魏曹植封陈王,死后谥号为思,故称陈思王。他的《与杨德祖书》讨论文学。③ 应玚(chàng):"建安七子"之一。著有《文质论》,讲文和质的关系。④ 陆机:西

晋初著名作家,著有《文赋》。这是一篇较系统地讨论文学与文章的赋。⑤ 仲治:晋初作家挚虞,字仲治,著《文章流别论》。《文章流别论》是一个分体的选本,已失传。这个选本对每类文章都作了论述。⑥ 弘范:西晋作家李充,字弘范,著有《翰林论》。《翰林论》也是个选本,论是论述所选的文章。⑦ 臧否(pǐ):褒贬。⑧ 铨:衡量。品:品评。前修:犹前贤。⑨ 密而不周:这是指《典论·论文》讲才气等比较严密,讲文体比较简单,所以说不周到。⑩ 辩而无当:这是说《与杨德祖书》评论当时作家显得能言善辩,但轻视辞赋便不够恰当。⑪ 应论华而疏略:这是指《文质论》写得有文采,但没有论文章,显得疏漏。⑫ 陆赋巧而碎乱:这是说《文赋》论创作有见地,文辞精美,可谓工巧,但内容琐碎而杂乱。这是由于受到赋这种体裁的限制。⑬ 《流别》精而少功:这是指《文章流别论》讲各体文章的起源是精当的,但没有讲写各体文章的要求,所以不切实用。少功,本作"少巧",今据《梁书》改。⑭ 《翰林》浅而寡要:这是指《翰林论》讲得比较一般化,所以浅而不得当。⑮ 君山:后汉学者桓谭,字君山。公干:魏代刘桢,字公干,"建安七子"之一。⑯ 吉甫:应贞字吉甫。士龙:晋代陆云,字士龙,陆机弟。他们都有论文章的话,但都没有考求源流演变。

盖《文心》之作也,本乎道,师乎圣,体乎经,酌乎纬①,变乎骚②:文之枢纽,亦云极矣。若乃论文叙笔③,则囿别区分④,原始以表末,释名以章义,选文以定篇,敷理以举统:上篇以上⑤,纲领明矣。至于剖情析采，笼圈条贯：摛神性⑥，图风势⑦，苞会通⑧，阅声字⑨，崇替于《时序》⑩，褒贬于《才略》，怊怅于《知音》⑪，耿介于《程器》⑫，长怀《序志》，以驭群篇：下篇以下，毛目显矣。位理定名，彰乎大易之数，其为文用，四十九篇而已⑬。

【注释】

① 纬：纬书，汉人著的配合经书的书，伪托孔子所作。汉人宣扬天人合一，因此多讲吉凶祸福等预言，有《易纬》、《书纬》等"七纬"。② 骚：见《辨骚》。③ 文：指有韵文。笔：指无韵文。④ 囿：园林，指文体范围。⑤ 上篇：《文心雕龙》分为上、下两部分，称上篇、下篇。上一部分二十五篇，讲文章纲领和文体论；下一部分二十四篇，讲创作论和文学评论；最后《序志》，合共五十篇。⑥ 摛(chī)：发挥，申说。神性：《神思》、《体性》。⑦ 图：描绘，指申说。风势：《风骨》、《定势》。⑧ 苞：同"包"，包括。会通：《附会》、《通变》。⑨ 阅：检阅。声字：《声律》、《练字》。⑩ 崇替：盛衰。⑪ 怊怅：感叹。⑫ 耿介：耿耿在心，不能忘怀，有感愤、感慨的意思。⑬ 四十九篇：《易·系辞上》："大衍之数五十，其用四十有九。"这里指全书五十篇，除去序言，正文四十九篇。《易·系辞》所谓"大衍之数"，指天地的数字，汉人马融认为包括太极、两仪(天地)、日月、四时、五行、十二月、二十四气，合共五十。用四十九，指除去太极说。

夫铨序一文为易，弥纶群言为难①，虽复轻采毛发，深极骨髓；或有曲意密源，似近而远，辞所不载，亦不胜数矣。及其品列成文，有同乎旧谈者，非雷同也，势自不可异也；有异乎前论者，非苟异也，理自不可同也。同之与异，不屑古今②，擘肌分理③，唯务折衷④。按辔文雅之场⑤，环络藻绘之府，亦几乎备矣。但言不尽意⑥，圣人所难；识在瓶管⑦，何能矩矱⑧。茫茫往代，既沉予闻⑨，眇眇来世⑩，倘尘彼观也⑪。

【注释】

① 弥纶：包举一切。② 不屑：不介意。③ 肌、理：肌肉、纹理，指组织结构。④ 折衷：求至当，求恰当。⑤ 按辔：按住辔头，停留。⑥ 言不尽意：是孔子的话，《易·系辞上》："子曰：'书不尽言，言不尽意。'"⑦ 瓶管：用瓶汲水，用管窥天，喻识见短小。⑧ 矩矱（yuē）：规矩，标准。⑨ 沉：深陷。⑩ 眇眇：渺茫。⑪ 尘：污。

赞曰：生也有涯，无涯惟智。逐物实难，凭性良易。傲岸泉石①，咀嚼文义②，文果载心，余心有寄。

【注释】

① 傲岸：高傲。岸，高。② 咀嚼：咬嚼，体味。

【翻译】

"文心"是讲作文的用心。从前涓子写过《琴心》，王孙写过《巧心》，心是太灵巧了，所以用它来做书名。从古以来的文章,靠雕绘文采来构成,大概是仿效驺奭的语言雕龙吧?宇宙无边无穷,常人贤才混杂,要出类拔萃,全靠才智。时间飞快过去,才智不能永存,要播扬声名留传事功,只凭创作。人的容貌像天地,性情禀五才,耳目好像日月,声气好像风雷,他超出万物,也算是灵了。形体脆弱同草木,声名坚固胜过金石,因此君子处世,要立德、立言。这种立言难道是喜欢辩论吗?是不得已啊!

我在七岁时,梦见彩云像锦绣,便攀上去采它。过了三十岁,曾晚上作梦拿着朱红漆的祭器,跟随孔子向南走去,早上醒来,就很高兴,伟大的圣人是很难见到啊,竟在小子的梦中降临!自从有人类以来,没有像夫子这样的人!要阐明圣人意旨,最好是注释经书,可是马融、郑玄许多大儒,发挥得已很精辟;即使有深刻的理解,也够不上自成一家。只有文章的作用,确是经典的旁枝,五种礼制靠它来完成,六种法典靠它来施行,君臣的政绩得以照耀,军国的大事得以彰明,推究它的本源,无不出自经典。可是由于离开圣人遥远,文章的体制遭到破坏,辞人爱好新奇,语言看重浮诡,像在羽毛上涂颜色,皮带上去刺绣,离开根本越来越远,就要造成乖谬浮滥。《周书》讲到文辞,贵在体要;孔子陈述教训,憎恨异端。要从孔子的教训里辨别异端,该从《周书》的话里体察要义,于是握笔调墨开始论文。

试看近代论文的很多:至于魏文帝的《典论·论文》、陈思王的《与杨德祖书》、应玚的《文质论》、陆机的《文赋》、挚虞的《文章流别论》、李充的《翰林论》,它们各自看到一角,很少看到四通八达的大道;有的褒贬当时的人才,有的品评前贤的文章,有的一般地谈论雅俗的旨趣,有的概括地标举文章的用意。《典论·论文》论点严密但欠完备;《与杨德祖书》善于辩论但欠恰当;《文质论》华丽可是粗疏;《文赋》巧妙可是碎乱;《文章流别论》精粹可是不切实用;《翰林论》浅薄又不得要领。再如桓谭、刘桢之流,应贞、陆云等辈,泛论文章的用意,常夹杂在别的文字里,都不能披枝叶以追寻根本,看波澜而探寻源头。不谈前贤的教训,将无助于后辈的思虑。

《文心雕龙》的写作,以道为本,以圣人为师法,以经典为体制,以纬书来参酌,以楚骚来变化:文章的关键,也可说探索到极点了。至于论文叙笔,那是按文体分别,推求来源叙述流变,解释名称显示意义,选取文章来确定篇章,陈述理论构成系统。本书的上篇以上,纲领已讲述清楚了。至于剖析情理研讨文采,全面安排加以条贯:推论《神思》和《体性》,考虑《风骨》和《定势》,包括《附会》和《通变》,观察《声律》和《练字》;从《时序》上看到文章盛衰,在《才略》中褒贬历代作家,在《知音》里惆怅,在《程器》里感叹,在《序志》里则写出远大抱负,用来驾驭各篇。本书下篇以下,细目已说得明白。顺理定篇,合于《周易》大衍之数,其中说明文章功用的,则是四十九篇。

评价一篇文章容易,包举历代文章困难,虽然注意到毛发那样微细,探索到骨髓那样深入,而有的用意曲折、根源细密,看似浅近却很深远,文辞中没有记下的,也是多得无法计算。等到评量作品,有的话说得跟前人相同,并非人云亦云,实在是不能不同;有的话说得和前人相异,并非随便立异,按理是不能不异。有同有异,不必介意是出于古人还是今人，分析肌理，但求恰当。漫步在文学园地，环行在藻采场所，也几乎做周全了。只是语言不能完全表达用意，这在圣人也难办到；加之识见浅陋，怎么能够定出标准！遥远的古代，已使我深陷旧闻，渺茫的将来，也许会迷乱视听吧。

赞道：人生有穷尽，无穷尽的是知识。追逐事物实在困难，任凭天性反倒容易。高傲地在泉石之间，来体味文意。文章果真能写出心意，我的心意也就有所托寄。

编 后 记

2011年我社出版了"古代文史名著选译丛书(134种)",该丛书是由全国高校古籍整理委员会主持,汇集北京大学、复旦大学等十八所高校古籍所专家学者力量完成的一部高水平、高质量的传统文化普及读物。出版后也得到了读者认可,获得业内好评。

该丛书于2016年入选国家新闻出版广电总局评选的"首届向全国推荐中华优秀传统文化普及图书"名单。为了更好地传播优秀传统文化,我们从中精选了30种文史经典,重新修订、设计,作为珍藏版呈现给读者。

中华优秀传统文化不仅是中华民族的宝贵财富,也是中华民族的精神家园。凤凰出版社谨向为本丛书的编辑出版付出巨大心血的专家学者致以崇高敬意!

丛书顾问:周林 邓广铭 白寿彝

丛书主编:章培恒 安平秋 马樟根

编委(均按姓氏笔画排列):马樟根 平慧善 安平秋 刘烈茂 许嘉璐 李国祥 金开诚 周勋初 宗福邦 段文桂 董治安 倪其心 黄永年 章培恒 曾枣庄
(以上为常务编委)
王达津 吕绍纲 刘仁清 刘乾先 李运益 杨金鼎 曹亦冰 常绍温 裴汝诚(以上为编委)

古代文史名著选译丛书(珍藏版)书目

书名	译注者	审阅者
论语译注	孙钦善	宗福邦
老子译注	张玉春 金国泰	安平秋
庄子选译	马美信	章培恒
孟子选译	刘聿鑫 刘晓东	黄 葵
荀子选译	雪 克 王云路	董治安 许嘉璐
诗经选译	程俊英 蒋见元	刘仁清
楚辞选译	徐建华 金舒年	金开诚
左传选译	陈世铙	董治安
史记选译	李国祥 李长弓 张三夕	安平秋
汉书选译	张世俊 任巧珍	李国祥
后汉书选译	李国祥 杨 昶 彭益林	许嘉璐
三国志选译	刘 琳	黄 葵
资治通鉴选译	李 庆	黄永年
文心雕龙选译	周振甫	黄永年
世说新语译	柳士镇 钱南秀	周勋初
颜氏家训选译	黄永年	许嘉璐
陶渊明诗文选译	谢先俊 王勋敏	平慧善
李白诗选译	詹 锳等	章培恒
杜甫诗选译	倪其心 吴 鸥	黄永年
李商隐诗选译	陈永正	倪其心
王维诗选译	邓安生 刘 畅 杨永明	倪其心
苏轼诗文词选译	曾枣庄 曾 弢	章培恒
李清照诗文词选译	平慧善	马樟根
辛弃疾词选译	杨 忠	刘烈茂
王阳明诗文选译	吴 格	章培恒
唐才子传选译	张 萍 陆三强	黄永年
徐霞客游记选译	周晓薇 马雪芹 焦 杰	黄永年 马樟根
阅微草堂笔记选译	黄国声	安平秋
西厢记选译	王立言	董治安
聊斋志异选译	刘烈茂 欧阳世昌	章培恒